父亲的歌

FUQIN DE GE

季栋梁 著

黄河出版传媒集团
阳光出版社

图书在版编目（CIP）数据

父亲的歌 / 季栋梁著. -- 银川：阳光出版社，
2021.10
ISBN 978-7-5525-6138-8

Ⅰ. ①父… Ⅱ. ①季… Ⅲ. ①长篇小说－中国－当代
Ⅳ. ①I247.5

中国版本图书馆CIP数据核字(2021)第213285号

父亲的歌　　季栋梁　著

责任编辑　唐　晴　谢　瑞　陈建琼
封面设计　张　宁
责任印制　岳建宁

黄河出版传媒集团
阳光出版社　出版发行

出 版 人　薛文斌
地　　址　宁夏银川市北京东路139号出版大厦（750001）
网　　址　http：//www.ygchbs.com
网上书店　http：//shop129132959.taobao.com
电子信箱　yangguangchubanshe@163.com
邮购电话　0951-5047283
经　　销　全国新华书店
印刷装订　宁夏凤鸣彩印广告有限公司
印刷委托书号　（宁）0022073

开　　本　710 mm × 1000 mm　1/16
印　　张　13.5
字　　数　180千字
版　　次　2021年10月第1版
印　　次　2021年12月第1次印刷
书　　号　ISBN 978-7-5525-6138-8
定　　价　48.00元

第一章

2000年，是人类历史上遇到的最大的整数年份。新千年从何时算起，有说2000年的，有说2001年，人们是大大地争论了一番。想想也对哩，人类有史以来，一共才经历了几个千年，是该好好争论上一番的。而自2000年开始，我们就一直处在一个大整数的到来带给我们的激动与兴奋之中。我们以各种各样的方式，表达着对人类有史以来遇到的一个最大的整数的祝福与祈祷，就在大家为新旧千年的交替争相呐喊、祝福、祈祷、展望之际，我开始实施一项工程——搬父母去南边。

如今无论干什么都讲这工程那工程的，那么于我，搬父母去南边也是一项工程，而且是大工程啊，因为这一实施竟是十多年。

南边就是南方，我们把南方说成南边。具体一点说，就是深圳。父亲是从报纸上知道深圳的。深圳火起来的时候，在我们那里先是火在报纸上、广播里。父亲看报那是极认真的，我家是一个极普通的矿工之家，他竟然订了一份党报。大约是有一次吃饭，他说起了“深川”，我们都不明白他说的是啥意思。他用筷子蘸着茶水，在桌子上写了“深圳”。父亲没入过校门，在扫盲中识下不少字，但对于“圳”这样生僻的字，完全采取的是“秀才识字识半边”的办法。我们笑话了他，告诉他是深圳，他改过来了，可是偶尔还会冒出“深川”。说出“深川”时，他会脸红，拍拍自己的脑袋说这最初留下的印象就是难以改变。是啊，谁说不是呢。

人老了，康养是必须的。父母亲身体基础虽说是好的，没有什么病，体检时许多指标比我都好。然而，毕竟奔七十的人了，身体各个器官开始老化，进入多事之秋，疾病随时都会找上门来，专家更是危言耸听，说打个喷嚏不小心都会要命，何况我们有人活七十古来稀的老话，担心是必然的。新世纪初年，虽说康养还是新鲜词，可人们已经有了普遍的意识。

北人南迁，傍海而居成为时尚，尤其是对于海拔高、气候燥、植被稀薄的大西北，逐海而居非常流行，说是心脑血管、呼吸系统等疾病患者到了海拔低、空气湿润的海边，可以减药甚至不用服药。

石炭井作为“一五”时期国家十大煤炭基地和“三线建设”重要布局点，这个曾经响亮的名字，这个曾经燃烧着火一样激情的地方，放射着应许之地一样的光芒，最终和所有煤城一样，也没有摆脱“因煤而兴，必因煤而困”这一宿命。经过近半个世纪的开采，煤炭资源濒临枯竭，加之随着煤炭市场价格放开，国家对统配煤矿补贴的取消，煤矿相继实行政策性破产闭井，相关企业塌方式破产关停，工人一度几个月开不了工资，下岗潮滚浪翻，一时间石炭井乱糟糟的，矿务局机关大门前围了许多的人，三人一伙、五人一群，沉默，吸烟，不时往里张望，连派出所的牌子都让人偷了……更为严重的是空气环境重度污染，衣服洗完只能晾在屋里，挂在外面等于白洗了，而穿白色衣服出门走一圈就成灰黑色了，这一点儿都不夸张。曾在全国一百多个重点污染监控城市中，石嘴山环境空气质量高居污染“黑榜”前三，加之采空区塌陷，路道坍塌，住房裂缝，这里已经不适宜人类居住，人们像出埃及一般又逃离这片土地。至新世纪之初，石炭井已经是人烟稀疏，商业凋零，开始回归开发前的荒凉和冷漠。

当然，搬父母去南边是建立在我事业有了小成的基础上——虽然与许多人的事业相比，我那算不上是事业，不过，改善父母生活条件的经济实力是具备的。尽孝是需要经济实力的，尤其是这种候鸟迁移式尽孝，而我的事业就在海边，因此我必须把父亲搬走。世俗为我们制定了规矩，我们就必须遵循，你不将父母放置在你能力能达到的位置，就会招致社会的非议。倘若父亲在贺兰山深处有个三长两短，人们的唾沫星子会把我淹死。

起初，我想这是一件简单得不能再简单的事，在石炭井，谁不想逃离？谁不在逃离？就如同以色列人出埃及一样。

“抓紧时间收拾收拾，处理的处理，送人的送人，什么都带不走，到那边一样都用不上。”我对父亲说，口气当然有点颐指气使。

怎么说呢，二十年前的我还是很二的，动不动就颐指气使，一副成功人士的派头。

“十一我来搬你们。”我说，“天气冷了，正好去了过冬。”

我在地上踱来踱去，母亲忙吃喝，父亲却始终眯着眼睛看着窗外，仿佛我是在说与他无关的事。

记得那是一个天气晴好的上午，要知道那些年，石炭井这样的好天气可不多。但是我给你说如果天气晴好，石炭井就会享受到这世上最明朗的阳光、最湛蓝的天空，窗外是几近裸露的贺兰山，泛着青铜般的光芒，贺兰山的石头都是通透的。刀砍斧凿的断层煤石相间的条纹，酸枣树、沙蒿不密不大，偶尔长那么一两棵榆树也不高大，但拙朴、老练，鸟儿啼啭，虫子鼓噪，一群岩羊排成一路从山上走过，鹰在高空，鸽群在飞旋，银灰色一片，贺兰山从寂暗中壮大，渐渐地喧嚣。墙根，一丛从草茉莉悄悄地膨胀着花蕾，在黄昏到来时放出淡远的苦香。

把话撂下，我回了深圳，到了“十一”，我再回来，一切都是原样。母亲在腌菜，父亲坐在银白的芨芨上，只不过他不是打背篼，也不是扎扫帚，而是在打帘子。这帘子是为树木准备的过冬衣裳，而园子被整饬得平整绵软，葱已经高高壅过。他们像往年一样已经做好了过冬的准备。

显然他们没有想过搬迁，把我的话当成了耳旁风。我发了一通火。我知道是白发，他们总是有自己的主见，从不跟你争论，我行我素，干着自己的活，说着自己的话。

母亲的一锅乱炖，我吃得不停筷子。母亲脸上洋溢着笑意，说：“看你吃的馋劲，到了南边吃不上这乱炖，南边啥都会有，就是没腌的这菜了。”

即使是夏天，我家的腌菜总是有的，摆放在菜窖里，因为乱炖是一道家常菜，腌菜是不可缺的原料，还有平时压甜的，就是没有炒菜，捞了咸菜酸菜就饭吃。

我说：“有，天南地北哪儿的、啥样的腌菜都有。”

母亲说："有是有，可那是妈腌的？是这味道？"

我说："你们过去不就有咧？"

父亲眯着眼睛气呼呼的来了一句："把话喂到人家嘴里了吧？"

"到了那边，我可腌不了，那年冬天去的，没把人热死，腌上不出三天就起白花了。"母亲在我头上拍了一巴掌说，"再说年年腌菜，我腌得够够的了，到了那边我可啥都不干，我要坐定享福哩。"

我说："你当去了让你起五更睡半夜哩。"

母亲说："唉，坐定也享不了福，整日就像待在蒸笼里，连个好风都没有。"

我退了一步说："明年一定要搬，你们让我省心点，行不？"又说，"最后通牒，别给……"

我没有说下去，母亲却咯咯咯地笑着接了我的话说："别给好不知好。"

母亲一边这么说着，一边盯着父亲看，父亲却眯着眼睛晒太阳。

我说："爸，你啥意思？跟你没关系是不？"

他站起来说："我听你妈的。"他竟背着手走了。

2002年，政府为我搬迁父母提供了机会，国务院批准撤销石炭井区，设石炭井镇。政府采取下迁方案，经济适用房建设奠基，在大武口建设了矿工新区，矿区的人开始一批批下迁，我家也搬迁到了大武口。我的意思房子就不用装修了，直接卖了。他们还是装了。我想装就装了，让他们住上一年，这毕竟是他们第一次以自己的名义分到的楼房，那不是一般的心情。然而，房子装了，他们却没住几日，竟然又住回了石炭井。

听到这一消息，我扑回石炭井，吼道：“都走了，整个小湾还剩下几个人，看看你的左邻右舍房前屋后，你留守个啥？”

父亲在捣罐罐，他的表情是惬意的。

“走，捣几罐罐。”捣罐罐就像城里人喝功夫茶。

记忆中，每天早晨，父亲一睁开眼睛就架火，开始捣罐罐。伴随着捣罐罐，家里氤氲着枣子被烤煳的味道。你闻过枣子烤煳的味道吗？可真馋人。

捣罐罐茶用的是一拃高的小砂罐，黑色，小胳膊粗细，肚大口小，黏土烧制，有一个小把，粗糙而古朴，叫曲曲罐。茶叶是廉价的云南大叶春尖茶，茶叶、茶茎、茶梗、茶末蒸压得像我们上中学时书包里背着的砖块，称为砖茶。茶压得瓷实，要用改锥往下撬，耐煮，味道极苦。条件好点的，熬茶时会加入红枣、枸杞、核桃仁等辅料。条件不好的，从山里拣回野杏核敲出仁儿，加入茶中一起熬。杏仁是最普遍的，因为贺兰山深处野杏树很多，杏肉少，核却大，仁儿饱满。到了枣子茶熬半会儿，还要加入一撮大颗盐，据说青盐最好，青盐就是青海产的大粒盐。我们家一般都会有红枣。红枣加入前要在火上把皮烤煳，这样枣味儿才能熬入茶中。烤枣子的味道是非常诱人的。

因为罐罐小，茶叶放得多，又加入了辅料，随着水滚开，茶叶舒开，与辅料常常蓬出罐口，不时要用一根筷子反复往下捣，所以叫捣罐罐。茶熬到火候，从罐罐滗出时扯成线，一罐罐也就倒四五盅（酒盅）茶水，再加水。色如墨汁，苦如龙胆。年轻人茶瘾轻，会把头泡茶水盛于杯中，等二三泡茶水熬出，掺一掺。捣罐罐那时是小湾矿工的早点——就着干粮馍或饼子，倘若没有干粮馍或饼子，就把土豆或大豆埋入火灰里边烧边吃。茶喝败了，就上工了。劳作一天，回家捣几罐罐茶，能解除一身疲劳。后来我知道捣罐罐是来自陇东的陈叔带来的，在我们小湾，矿工早晨睁眼第一件事就是打火捣罐罐。

父亲滗出一杯，我端起就喝，其实我也有这茶瘾。现在父亲捣罐罐的茶是安化黑茶。我喝了一口，说："不要说是产业，连间街面房都没有，有什么舍弃不了的。"我这话说得很不好听，"就是有产业，现在也倒闭关门了，这地方还有前途？"

我捣着罐罐，说："做事能不能为我们当儿子的想想？"

父亲不说话，他背对着我蹲在墙边。太阳从山口穿过来，他竟然在玩手影，双手捏捏抻抻，在白色墙壁上投下生动的影子。他嘴巴扭动着，表情丰富，我知道他一定在心里配音。他完全沉浸在自己的世界里。

小时候到了晚上，月光清明，母亲会给我们唱歌谣，父亲坐在芨芨上打编背篼、筐篓、提篮的空当，会借着明亮的月光耍手技，有时会喊，过来，过来，借你们的手手用一下，我们伸过手去，在他的抓捏下组成各种图形……

我狠狠地吸着烟，在地上走来走去："爸，你你你……这事就跟你没关系是吗？你们赶紧拾掇，这次必须跟我走。"我出了屋门。

母亲跟了出来说："让我们再老上几年，迟早要跟着你享福去。"

我说："你当你们还不老啊？"

母亲说："你放心，现在有电话，方便，就跟在跟前一样，再说大双近，有个啥事能赶得上，我们身体都好着哩。"

大双是我名义上的哥哥，之所以说是名义上的，是因为我们是双胞胎，我从来没叫过他哥哥。

我说："妈，你咋就不理解呢，不是你们有个啥事的事，是让你们去……"

母亲说："我们懂，我们懂，你的孝心我们领了……"

我给气笑了，说："二老跟我这么客气……"

我跺着脚说："我的父母大人，你们能不能配合我尽尽孝啊，你们不配合我尽孝，别人会骂我们的……"

母亲说："我们又没啥事，你们个个都争气，过得挺好，今儿寄个这明儿寄个那的，等于把孝尽了。我们挺享福的，真的挺享福的，你们寄这寄那的，我都让人知道的，夸你们哩。"

我说："妈，你不要跟我说，我跟我爸说。爸，你出来。"

母亲咯咯一笑说："早走了。"

我说："没见出去。"

母亲说："从窗子出去了。"

"躲我，我是逼债的还是借钱的？"

任你说得天花乱坠，他们我自岿然不动。

翻年我又回来，母亲一句话让我再说不出话来，母亲说："你让我们过过二人世界的日子，再老老就撵你去。"

我说："你们现在不想随我，搬到大武口也行吧，住这里算咋回事？"

母亲说："这里住不下去了，我们就会搬下去。"

母亲这么说，我还能说什么呢？

这之后我几年没有回来，当然不是因为我对父母有多大的意见，儿女对父母能有多大的意见呢？而是因为公司扩展业务，儿子读书，几年间忙得焦头烂额。当我再次回来搬他们时，眼前的变化让我惊愕，远远看去，我们小湾高出周围，形成一个绿色的高地。那一片茂密的树林显得那样醒目，苹果树、梨树、枣树、桃树、柳树、椿树、杨树、槐树……横成排竖成行，树林中是芦花鸡，鸡群中还点缀着几只鹅，一派田园风光。一条用大石头和水泥铸砌的渠道，从沙河引来，还配备抽水机，弯弯曲曲足有一公里，潺潺有声。在这里每一锹一镐都要付出比别的地方多几倍的力气，一尺以下全是石子沙粒混合，要植树种草全要清除换成土壤。有一块树苗密密麻麻，显然是育的苗。

“你们……你们这是……”

我连完整的话语都说不出来。

父亲和几个人蹴在树下吃烟抬杠，一副满足闲适的表情。

第二章

天有不测风云，人有旦夕福祸，用在老年人身上，真是一大真理。母亲忽然病了。

“你妈病了。”父亲把电话打来，那声音幽暗、嘶哑、低沉，就像来自另一个世界。这让我预感到母亲的病不是一般的病。

我说：“你们直接飞北京，我们也直接飞北京。”

他嗯了一声说：“就你一个来就行了。”

我和孙桂芬当即就飞往北京。孙桂芬一路泪水不干。我说啥病啥善还不知道，你哭什么？可孙桂芬还是忍不住落泪。对于母亲，孙桂芬说是媳妇子，还不如说是女儿更确切。

在北京 301 医院经过几天的检查确诊，我们被专家叫到了办公室。专家是深圳人，朋友的朋友，他回家我们一起坐过几次，还一起出过海。他指着一把椅子让父亲坐，父亲道谢说他不坐，专家把他按在座位上，双手拢拢头发，看看我和孙桂芬说：“看大家都很豁达、坚强，老叔应该有了心理准备，我就实话实说吧。”

父亲脸色凝重刚毅，显然在宁夏检查后就知道病情了，不过他的双手颤抖，嘴唇哆嗦，我想父亲是对到北京检查确诊寄予了希望的。

父亲说：“您实话实说吧。”

“跟宁夏方面检查的结果没多大出入，已经是晚期了，不要说做手术，连住院都没必要了，最长半年，最短有可能两三个月。”专家说。

我压抑着，还是哭出声来，孙桂芬却号哭起来。父亲站起来说：“别这样哭，影响别人。”

父亲从专家桌上的纸抽里抽出纸递给我们说：“谢谢专家了。”

专家说：“回家吧，尽未尽之责，享未享之福，想吃的吃吃，想看的看看。”

我的意思是就一直住院，这样能不能延续母亲的生命不说，至少能减轻母亲的痛苦。“回吧。”父亲说，语气低沉而果决。

我说：“爸，你别担心钱的事……在医院能减轻我妈的疼痛，我怕我妈疼啊。”

母亲没有医保，住院费用高昂，老人都会从这个角度思考。

父亲说：“医院只能让人更疼痛，哪个地方都没有家里能减轻人的疼痛。”

专家说：“老伯说得对，医院就是得病看病的地方，住到医院会加重疼痛。许多人本来好好的，一进医院就觉得这里有病那里疼痛的，出了院好好的。”

我说：“那就开最好的止痛药，多多开点。”

专家说：“药是最好的，开得也够多，不够了你可以给我打电话，我给你邮寄过去。我想给你说除了药物止痛，疼痛是可能通过干扰缓解的，最好的干扰就是带她回到以前的世界，进入回忆。”

我说：“请不要告诉我妈病情。”

人们说癌症病人三分之一是治死的，三分之一是吓死的，三分之一是病死的。在疾病面前人都是极其脆弱的，人真会吓死的，不告诉或许真能延续母亲的生命，或许真有奇迹发生。

专家说：“告诉阿姨病情吧，我不主张对绝症患者隐瞒病情，最终稀里糊涂地死去。告诉病人实情，病人在最后的时光里能把该做的做了，该说的说了。不留遗憾，这也是延长人的生命，阿姨这人从说话听得出来挺能挺事儿的。”

专家又说：“或许她能猜想出来自己得了什么病，一般进京到我们这样的医院看病的人，都心里有了预备的，这种病人我见得不少。”

“告诉她吧，你妈精明得很，瞒不了她的。”父亲说，“她有预感，得病以来一直跟我说过去。”

“我想陪我妈去旅游，大夫你觉得我妈的身体状况可以吗？”

“应该问题不大，这种病一般不会忽然间病情加重，只要不太累就行，想必你是要带着阿姨去欧美吧，欧美医疗上我朋友不少，有啥情况你给我打电话，方便。”

从专家办公室出来，我几乎要瘫了，可我还得搀扶着孙桂芬。父亲说：“你们打起精神来，你妈看着就有精神。”

医院有一个小广场，病人都在广场上散步，母亲坐在一棵树下。看着银发飘飘的母亲，我心如刀绞。百年修得同船渡，千年修得共枕眠，修为母子得多少年才有一世之缘啊，可她却要离开我们了，我的泪水禁不住溢出眼眶。母亲迎着我们走来，我忙装作连打几个喷嚏，然后抹泪。

母亲盯着我说：“确诊了吧。”

我说：“检查这几天不让吃这不让吃那，今天咱们去全聚德吃烤鸭。”

母亲说：“好好好。”

孙桂芬搀扶母亲，母亲笑着说：“我好好的，我想搀扶你哩。”

孙桂芬强装着笑，搂抱着母亲，她的泪水就落在母亲肩头。

父亲已经拦下了的士，我们上了车。

司机很热情，把我们带到离301医院最近的一家烤鸭店，还好有雅座。

进去坐下，点了服务员推荐的北京特色菜。服务员出去后，母亲盯着父亲说：“说实话吧。”

父亲嘴唇哆嗦，眼神慌乱，无助地看着我。是啊，这是多么残忍，说出实话，无疑就是宣判一个人死刑。我给父亲点了根烟，母亲说：“说吧，到北京来看的病都是看不好的病，我心里有准备。”

我抓住母亲的手说：“妈……”

父亲忽然大咳一声，像是走夜路为自己壮胆。

母亲笑着说：“不用说了，我知道的，在银川我看到你爸哭了。我在病房里，看到你爸站在树下，仰头望着天空，泪水落下来，带着阳光，像金豆豆一样。”

孙桂芬搂着母亲的肩膀已经泣不成声，母亲嘻嘻笑着说：“桂芬，妈穿的新衣服都让你的泪水渗透了，你别这样用力搂着妈，肩膀都快给你压塌了。都别哭了，别哭了，要是哭能哭好，我也哭，再雇些人来哭么。妈坚强着哩，这辈子啊要是不坚强活不到今天……生老病死，生老病死，老话都这么说哩么，人都有这么一天，没办法的事。人活七十古来稀，活过七十了，多活的都是赚的，把眼泪擦了，把脸都收拾收拾。孙桂芬，你看你眼圈红的，脸上一道一道的，快去收拾，别让服务员看见了，让她心里也装个事。”

菜上来了，开吃。母亲胃口真的很好，说：“这鸭子还是几十年前的味道，你们都吃，别心事重重地光看着我吃。谁不怕死，谁不想活着，老话都说好死不如赖活着，可是谁都得死呀。我好怕死的，可忽然就到了这一天，反而不怕了，你们到时候都会像我这样想的。你雪梅婶躺在病床上就跟我说，姐，以前我最怕的是啥？死么，可忽然要死了，反倒不怕了，就是丢不下这辈子遇到的那些人，不光是好人，还有坏人，觉得不能见了。”

“一定要坚强，回去不能让他们看出来，别给他们都说，也不要给你两个婶娘家人和你雪梅婶的几个儿子说。等快不行的时候再说，别给他们心里添事，一个个都忙忙的，别把工作影响了。”

我说：“不给他们说，这是多大的事，以后他们还不把我撕着吃了。”

母亲说：“等我快不行了，再跟他们说，大夫说还有几个月哩，让他们心里早早难受上几个月？到时候妈给他们解释。”

这时大双的电话就来了，才问了一句：“妈没啥事吧？”我就哽咽了。

大双说他立马赶过来。大双在铁路系统，“十一”黄金周快到了，我知道他有多忙，我说你忙黄金周，回去你抽点时间陪陪妈，我陪妈逛逛北京就回去了。他说：“再忙也得尽孝，我安排好。”爸抓过手机说：“你把黄金周忙过了再抽时间回来，别给人心里放事。”大双说：“上面很能理解的，这是人一辈子的大事。”父亲说：“你来只能给你妈心里放事，你妈一辈子没上过班，可她从来不耽误上班人的时间。别给你妈心里放事，我们也就回去了。”

办完医院手续，我们去万绣园美食会所吃佛跳墙，母亲一问价格嫌贵，父亲说吃吧。

吃着吃着就说到了回家，我说：“咱们出国游一回，去欧洲。”

母亲说：“欧洲在哪里？”

我说：“欧洲在欧洲。”

“法国在欧洲吗？”

“那是欧洲的中心哩。”

“就去趟法国，看看你春枝婶，你春枝婶都看过我几回了。”

父亲说：“那从北京就走吧，要不回去还得飞到北京，从北京出国。”

母亲说：“对对，就从这里走。”

我说：“妈，你累不累？”

母亲说：“不累，就是得花不少钱哩，一想到花钱就累。”

我说：“妈哎，你千万别这么说，惭愧死儿子了，你和我爸有五个儿，到现在还没出过国……”

母亲说：“咋没出过国，新马泰不是去了，澳大利亚不是去了，全国走了多少地方，台湾都去了，国外还没有国内好哩。”

我说：“我预想的可是欧洲、美国、非洲……”

父亲打断我的话说：“你们安排了几趟，都没走成么……”

2004 年五一小长假，建邦带着老婆、孩子和父母一同到深圳，游了几天，我们就商量好安排父亲和母亲出国游玩一趟，目的地是欧洲。这是中国人惯常的旅行安排，先去欧洲，根据财力从八国六日游到十五国十五日游之类不等。跟父亲和母亲一说，父亲却要去俄罗斯，而且是要坐火车。他说，旅游又不是出差开会，坐啥飞机，路上才有看头。这倒与我内心的想法不谋而合。我们决定九十月出行。然而，俄罗斯却接连出事，6 月 21 日晚到 22 日凌晨，车臣非法武装分子袭击了俄罗斯印古什共和国多处政府机关、军用和民用设施，共造成近百人死亡。父亲看了新闻报道，立马就叫停了。我说没事。父亲说你不知道，那个国家爱打仗，仗打起来就乱了。我说那就等等看。一个多月后，在没发生什么事，我们又开始办手续。8 月 24 日晚，从莫斯科多莫杰多沃机场起飞的两架民航客机几乎同时坠毁在图拉州和罗斯托夫州，共造成 89 人丧生。俄罗斯安全部门公布了调查结果，查明两起坠机事件系车臣恐怖分子所为。紧接着，9 月 1 日，发生了别斯兰人质事件，一伙身份不明的武装分子突然闯入俄罗斯南部北奥塞梯共和国别斯兰市第一中学，将刚参加完新学期开学典礼的大部分学生、家长和教师赶进学校体育馆劫为人质。事件在 9 月 3 日结束，导致了三百多名人质死亡，从而成为俄罗斯最严重的恐怖袭击事件。俄罗斯之行就这样化为泡影。

2005 年，子瑞去澳大利亚留学，再次安排父亲母亲出游。父亲说子瑞去澳大利亚留学，明年我们去看子瑞，捎带着旅游。我说俄罗斯……父亲说再说，过几年再说，看得人吓的。2006 年，大双说你们去年才去过，我们一家和爸妈去。

2011 年，建邦安排父母去欧洲。这年，建邦拿了一个科技进步奖，设计了包括俄罗斯在内的欧洲十国一月游，时间定在 8 月到 9 月。谁能想到7月22日发生了挪威奥斯陆爆炸枪击案，不到两个小时的时间里，一个名为布雷维克的男子先是在市中心政府办公楼附近引爆汽车炸弹，随后又在奥斯陆以西40公里处的于特岛，开枪射杀执政工党的一个青少年夏令营，共造成七十余人死亡。这是挪威二战后遭受的最大规模袭击，一时间各电视台关于欧洲笼罩在恐怖袭击阴云中。一连多日，2004年俄罗斯恐袭、马德里连环爆炸案和2005年伦敦爆炸案被深度综合报道，欧洲游只能取消。建邦说那明年吧。谁能想到母亲就查出这病……

母亲说："就光去法国，看看你春枝姊……"

我说："妈，你几个儿要是过的都是可怜日子，就算了，没办法么。我们都过得还行，不安排你们好好转转，我们心里能安？"

父亲说："不说这些了，就去欧洲，抓紧安排吧，别到了黄金周又挤得走不了了。"

我说："办手续可能得几天，这几天就把北京和周边逛逛。"

吃过烤鸭，母亲对父亲说："逛逛北京吧，自他们小时候来过，再没来过哩，变化大的。"

父亲对我和孙桂芬说："你们回吧，我陪你妈逛逛。"

我说："我陪着。"

母亲说："陪啥，你爸就行了，快回去忙自己的去，别把大事误了。"

我捏着母亲的手说："妈，啥事是大事呢？活过四十了才明白，人生的大事不是小时候认为的大事，而是小时候认为的小事啊。"

母亲笑着说："看我娃出息了，话说得多好。"

我说："妈，你别羞我了，我出息了吗？我出息了你没享上福啊。"

母亲说："胡说，妈这辈子是享福了。你们不给我们惹事，都独立生活，不靠我们，不牵连我们，一个个家里和和睦睦的，我们就享福了。你看有多少孩子都还靠父母呢。"

我说："你不是老给我说这世上钱是挣不完的，正好我也逛逛北京。"

父亲说："你常来北京，还有啥逛的，回去操心去。"

我说："还别说，虽然我常来北京，真还没逛过，事办了就匆匆回去了，这回要好好逛逛。"

母亲说："看我娃可怜的，那就一起逛逛。"

孙桂芬也要陪着，母亲说："你要是我儿媳妇，你就不要听我的话；你要是我女儿，你就听我的话。你先回，让小双陪着，等回去了你再来陪妈，让小双回去操心。"

孙桂芬说："听了你一辈子话，这回我得自己做主哩。"

我说："要不你回去，北京你跟儿子已经逛过了，你回去把公司安排一下，我们一起陪爸妈去欧洲。"

母亲说："这好，这好。"

母亲提出先去看看毛主席。这我一点儿都不吃惊，从解放前过来，又经过那个时代的人，对毛主席有着无可替代的感情，生前没能见上，瞻仰遗容是一直怀有的念想。这几年全国各地的旅行，他们总是说先去没去过的地方，北京竟然没有成行。

天安门广场的大理石地面让母亲震惊，说："这一块得不少钱吧？这么大的场子，得花不少钱哩。"

我说："首都么，这是国家的门面哩。"

母亲笑笑，说："是该这么阔气，穷气了让外国人笑话。"

又说："这平坦又宽展，在上面打编芨芨多好。"

我笑了，母亲竟然想到在这里打编芨芨。

父亲也笑了，说："在这里编芨芨，人家会把你抓起来，说你有碍市容哩。难怪你进不了北京，你就这么个理想么。"

母亲笑着说："嫁鸡随鸡，嫁狗随狗么。"

父亲就咯咯咯地笑，母亲又说："我要是嫁个凤凰，凤凰还把我驮着上天堂哩；我要是嫁个马，还驮着我走州过县哩。"

他们就这样爱抬杠。

八达岭长城母亲不想去，因为宁夏有长城博物馆之称，这些年他们都走过了。那年大伯来，提出来要沿着长城走，我们一家也就陪着，从盐池到固原全程走了一遍。

父亲说："不一样的，看看。"

登上了长城，父亲问我："毛主席说'不到长城非好汉'哩，说的就是这里吧？"

我说："不是，是在咱们宁夏的六盘山。"

毛泽东的诗词父亲都会背的。那时候每逢节庆，矿上组织节目，常常搞集体大吟唱、大朗诵，《黄河大合唱》、毛泽东诗词必是合唱、朗诵节目，大吟唱、大朗诵气势豪迈。

香山母亲也不想去："就在山里活着，山爬得少了？跑到北京爬山？"口气颇有些不屑。

父亲笑着说："好多皇上、娘娘都爬过哩。"

母亲说："在他们家门口，他不爬？要是皇宫在咱们老家，咱们那些山皇上不也得爬么。"

父亲笑着说："爬一下，说不定咱们的脚印就跟皇上、娘娘重上了。"

我给父亲揸了个大拇指，父亲一笑说："你的脚印一定能和娘娘的重合上。"

母亲叹了口气说："可不敢重合上了，咱福浅得重合上了背不住，你看这几年娃娃们日子都过好了，咱们才没负担几年，我的路就断了。"

父亲说："说好了不说这些话的，一说你就疼了吧。"

母亲说："这不是话赶话么。"

我说："妈，你想说啥就说啥。"

母亲说："都是跟着你爸一直享福，把后面的福在前面就享了。"

那时候景区里还有照相的，他们就照相，一处也不放过。我说："用手机照，不比相机差。"

母亲说："你照的又洗不出来。"

我说："能洗出来。"

父亲从背后轻轻捣了我一下，我忙说："不过手机照下的比不上照相机照的，照相机就是专门用来照相的，手机是用来打电话的，咋能比得上，手机照下的只能在手机里看。"

母亲就高兴地说："让照相的照，你也用手机照。"

我拍拍脑袋，矿上人家家都用木头相框装相片，挂在客厅墙上，这样去过哪里了一眼就能看到，这也是一种显摆吧。我们家客厅正面墙壁上并列挂着五个大相框，镶着我们一家和亲朋的照片。那年相框拐角开了胶，母亲说修修，我说用影集，母亲不同意，说夹到影集里，就等于锁了起来，谁翻着看呢，挂到墙上一抬头就看见了。我就做了五个最时尚的相框，母亲叹口气说看相哩又不是看框哩，花那么大价钱做啥。

因此，只要有北京地标性建筑之称的，只要有“北京”字样的景点，甚至一些很拙劣的雕像、造型前，我都积极配合他们一起照相。然后再给他们照相，照后立马调出来让他们看。

游了故宫出来，毛主席纪念堂还要三天才开放，母亲就要回去。

我说：“来了就等着看看。”

母亲说：“住一天要花不少钱。”

父亲说：“再专门来看一趟毛主席，哪个钱多哪个钱少？你瓜得连这账都算不清。”

我说：“我咋也算个老板呢么。”

母亲说：“省下的才是挣下的，你平时手脚大，以后手脚紧着点。”

于是我们就转公园，母亲转得倒挺高兴，我想是跟公园漂亮还不收门票有关。

最后一天，母亲说：“找个大商场，给娃们都买点东西。”

我说：“北京有的，银川也都有。”

母亲说：“来北京一趟么，不给娃买东西咋行？”

我说：“他们都大了，你买了他们不一定喜欢，他们挑剔得很。”

母亲说：“那就买吃的吧，我知道他们都爱吃啥。”

又说：“记着，出远门一定要带东西，这是个礼数。”

父亲说：“还去欧洲哩，买上带到欧洲？到欧洲再给他们买。”

母亲说：“北京是北京，欧洲是欧洲。”

我说：“买，买了寄回去。”

去欧洲我们没有走旅行社，那路赶路太累，何况母亲执意提出先到法国，去春枝婶那里。

呃，说说春枝婶吧。

春枝婶是从陕西汉中来的。汉中人吃的酿皮到了石炭井变成了凉皮，当然，这凉皮是集合石炭井二十多个省区市人的风味、民俗特点于一身，酸、麻、辣、鲜、香，汤料足、面皮筋，成了到了石炭井人必吃的特色美食，一吃就上瘾。多年后，凉皮拿到了全国著名小吃牌匾，凉皮节成为石嘴山一大节会。

职工俱乐部和工人文化宫是石炭井最繁华的地方，是工人娱乐休闲的地方，那时候看电影、跳舞是人们最热的文化生活。那里也是摆摊集中区，春枝婶就在那儿摆凉皮摊。开始是一辆架子车安装一张比课桌大的方桌，上面整个做了两层玻璃橱窗，七八个罐头瓶，盛了各色的醋、酱油、蒜水、咸盐水、花椒水、油炸辣椒，就是个凉皮摊。后来，用钢筋支起个架子，蒙上帆布篷布，下摆两张长条桌，十来把小凳子的摊儿，老远就听见咣咣咣的切凉皮声。再后来有了一间房，外面的摊子照摆着，而且撑起两个大凉伞，摆三张桌子，有些人坐在凉伞下一喝一个下午。开始只卖凉粉，后来也卖酸奶、啤酒和饮料。孙桂芬初中毕业没考上高中，就在春枝婶的凉皮摊帮工（现在叫打工）。

我们从小吃春枝婶家的凉皮，吃上瘾了，攒点零花钱就会去春枝婶的凉皮摊儿。父亲吃凉皮更是上瘾，经常看到父亲坐在春枝婶的凉皮摊儿前。后来，我们知道父亲对春枝婶的凉皮有改进之功。说是父亲弄了一盒芥末，她不知道，拌了老大一疙瘩，尝了一口，捂着嘴巴，眼泪唰唰地流下来。父亲也会给春枝婶帮忙，比如加芥末、芝麻要最新鲜的，准备提走的塑料袋等。父亲还给春枝婶吆喝生意，认识的人都会叫来吃一碗。我们弟兄背后探讨过父亲这样做，是喜欢春枝婶，还是爱吃凉皮？

春枝婶很漂亮，可用一笑倾城来形容，要不怎么会有"凉皮西施"的外号呢？地痞是常来骚扰的，父亲曾一手提一个地痞，扔出去几丈远。地痞再来，看到父亲坐在桌边，就不敢造次。

人们没少咬母亲的耳根，这中间就有雪梅婶、桂花婶，母亲却全然不理会。直到父亲做媒把春枝婶介绍给石头叔，人们才恍然大悟，这家伙原来是给老乡占媳妇哩。

石头叔是从老家撵父亲而来的，来之前，奶奶给石头叔用自行车驮着到了乡上，专门给父亲打电话交代，说在爷爷辈上石头家于我家有恩。

父亲说石头生下来多病，怕活不了，请阴阳念经疗治过。阴阳说这娃命薄，就给改了名，大名小名都叫了石头。父亲请人吃掉了家里一头猪，才把石头叔安排到矿上。也是石头叔有命，到矿上上工不久，舅舅调到了另一个矿当了掘进队长，父亲帮石头叔盘下了舅舅家的自建房。

石头叔好酒。要说矿工喝酒都是很凶的，也不是贪酒，一是几百米甚至上千米的井下聚集着数千年的寒气，整日在井下劳作，几乎见不了太阳，阴寒在体内郁结，酒是最能驱除体内阴寒气的。当然，晒太阳也是很好的，每到阳光炽盛时节，父亲给自己编一顶草帽戴着，赤裸着上身坐在阳光下打编芨芨，让阳光浸透骨头。二是动不动出矿难，下井就如同下地狱，酒能麻痹人，有些人下井久了就麻木了，有些人则一直心存恐惧，发生过喝得醉醺醺下井的，尽管被查出来教育、罚款、蹲禁闭思过，可还是醉鬼多，发酒疯的多，出事的多。父亲和老班长叔、福中叔、石头叔经常一起喝酒，但不缠酒，然而这样喝酒石头叔却不过瘾，石头叔缠酒，是个典型的酒鬼，因此常在外撵酒场子。

矿工的酒场是很多的，石头叔常喝得醉醺醺的，不顾家，有时还打春枝婶。有一次父亲一个耳光，打得石头叔晕死过去，掐人中喊叫醒过来，又喝酒去了。母亲说有了娃就好了。春枝婶生下一儿一女，石头叔依然是个酒鬼，喝醉了就要酒疯。然而，石头叔名字改为石头，却没有石头坚硬的个性。春枝婶生了小宝，一岁上发现不正常，确诊为智障后的一个夜晚，石头叔跑了。父亲恨得咬牙切齿地说，世上咋还有这样的人，他狗日的再不要让我见到。母亲说他走了就想着这辈子不再见你，你那拳头跟杵子一样，一拳还不砸到地里。父亲说那一拳轻了，再加点力，直接杵进土里埋了。母亲说得没错，我们再没见过石头叔。有个智障儿子，春枝婶嫁人也不好嫁，问题是春枝婶再没有嫁人的心思，石头叔把她的心伤透了，一提介绍对象她就急。

值得一提的是，对春枝婶我是偏爱有加，因为她把我和大双总是分不清，看到我们两个不管是谁都叫小双。这让大双好不生气，恶狠狠地说："我不是小双，我是大双！"春枝婶就嘎嘎嘎地笑。大双越生气，春枝婶就越是只叫小双，大双就唾春枝婶，让娘不止一次扇了嘴巴，大双记仇了，跟春枝婶不说话了。因此，我们去法国时，大双给春枝婶带了厚重的礼物。春枝婶泪水涌出来说，你给大双说，让他带着全家来法国，让我补个心嘛，再不来等我回去了，可就补不上了。我说婶，你要回去？春枝婶说我们都约好的，都要埋到上湾的，到那世还像这世那么过日子哩。

这世上所有的事情都有结果。第一次世界大战，14万华工被征参战，石头叔的小爷便是其中一名。一战结束，大部分华工都回家了，石头叔的小爷却没有回来，也与家里失去了联系。人们都以为不在人世了，然而多年后，石头叔的小爷又冒了出来，他已得了重病，又无儿无女，去世前拼命寻找哥哥，找到了卷毛。卷毛继承了小太爷的遗产，成为法国人，他的责任就是把小太爷的尸骨送回老家埋入祖坟。

卷毛租了一辆房车，载着我们两家通游欧洲。母亲精神一直不错。显然，母亲是强打精神不让春枝婶和卷毛看出她得了重病。母亲一路上吃的药打的针，都是严密藏起来的，路上打针是由桂芬陪去洗手间打。晚上到宾馆。父亲执意要给母亲打针，让我们赶紧忙自己的去。母亲会瞪着父亲说："跟女儿学着点，手重得，恨不得一针把我戳死。"父亲只是笑。

母亲对我说："你跟你爸抬杠呀，你爸可能抬杠了，也喜欢抬杠，抬杠快乐哩。"

我给卷毛钱，他一拳就打来了，虽然收敛了点力，却还是很疼："找打啊，你这是要跟我算账，那你算了没，我、菊子和小宝一直在你家寄养到大，该给多少钱？"

我忙说："我不是那意思……"

"那你啥意思？"

"我现在这不有点钱么……"

"你有钱，有钱得很吗？"

我笑笑，他说："有钱就能这么做事，你我五六十的人了，都知道钱并不能说明所有的事啊。”

卷毛其实过的也是小日子，他的小太爷给他留下的只是一片杂货铺，不过是在巴黎，位置挺不错的。卷毛为去法国，和老婆离了婚，说是到了法国站稳了再复婚，结果几年内办不成，后来两人都有了外遇，卷毛又娶了一个法国的，生了两个儿子，春枝婶便一直给带孩子，守着杂货铺。

我去深圳开办凉皮店时，母亲曾经和我说过卷毛的爷爷虽说是让继承遗产，其实没多少钱，你春枝婶说就一片杂货铺。我听得出话外音，不让我向卷毛开口借钱，我并没往心里去。那时候父母虽然把家里的钱全拿出来，也不到三万块，我当时是斜着眼睛看他们。到了深圳，我资金困难，首先想到张口的就是卷毛，还好，大伯的五十万元解了围。不过，卷毛给我打过两万欧元，我当时手头是松动的，但我在一年后才还他，充分地领了他的帮忙之意。

母亲的葬礼结束后，卷毛在我身边坐下来，点了根烟，深吸一口，幽幽吐出来说："当初得到小太爷的消息，那真是有一步登天的感慨啊，没权没钱想出个国有多难。我当时单怕办不成，办成了到了法国不到一年，就开始想祖国，别说我作秀，到了国外的人都说祖国。其实你入了法国国籍，依然不是法国人，法国人依然把你看成中国人，那种看不起在骨子里带着，而且这个国家动不动就暴乱闹事。过了五十岁，人才知道自己应该在哪里。"

2013 年，春枝婶把小孙子带到上学，2014 年回到了石炭井。父亲把李叔家的老地方重新收拾出来，春枝婶住了进去。我们好不庆幸。然而，2015 年 11 月，法国巴黎发生一系列恐怖袭击事件。法国本土和科西嘉岛进入紧急状态，中国外交部确认中国公民樊京辉被杀害。春枝婶心焦如焚，只能回去。2018 年，巴黎又发生骚乱，卷毛的那片铺面被打砸抢，卷毛的双腿残疾了，春枝婶只得待在法国服侍儿子。

第三章

母亲最艰难的时光是读着照片度过的。

没有时间磨不去的记忆，流逝的岁月就如滔滔河水一样从人的生命中穿过，人们的记忆被掏空涮尽。好在我们有照片，牢牢地牵系着过去。一张张照片就是生命之绳上的一个结，照片上印着的时间像条线，把被岁月吞噬的记忆串联起来。

幸亏我们家有太多照片。

石炭井矿工的家中多数墙壁上都挂着大相框，镶着照片。我家的墙壁上挂着五个大相框，密密麻麻镶满了照片。还有一个边子都毛毛糙糙的人造革提包，装满了照片，从半寸一寸到五寸六寸的，从四边裁成花牙到直边的。我们弟兄的照片最多。倘若不是母亲收藏，我的记忆中许多照片都不会有，更不会记得每张照片所记载的事。

为了方便母亲看照片，建邦翻拍了家里所有的老照片——他特别珍爱老照片——又从我们弟兄各家这些年的数码相机和手机里挑了许多照片，以编年的形式用书籍式影集装成了十一册，而且装得就跟书一样，还与奶奶一起完成了一张张照片的说明——这真是一个帮助病人减轻疼痛的好形式，翻阅起来就像读书一样。相框里的照片翻洗后，依旧镶着相框挂在墙壁上，原照片被子瑞收藏了起来。母亲提出意见："你这弄得花花绿绿的太花哨了。"建邦敬一个礼说："老师教育得对，应该保持以前的沧桑感。"

母亲说："这钱花得……"

建邦说："花得值啊，老妈。"

"就是值么，就跟读书一样。"母亲嘎嘎笑着说。

我说："就是书啊，妈，你就像读书一样读。"

那一张张照片就是一个个提示，每一张都能勾起母亲对往事的记忆，她完全回到了过去，不但能记起每张照片所承载的事情，而且能联想起照片所关联乃至毫无关联的往事，清晰而丰富。

"老了老了，过去的事情倒越来越清楚了。"

我说："眼前的事记不起，过去的事忘不了。"

"对了，对了，看我儿会说的。"

我说："妈，你的记忆力真好。"

母亲说："谁能有多好的记性，日子长拖拖的啊，会忘掉不少事哩。照片记得最牢靠，看着照片就能想到过去的事，你爸这人有些想法对头哩。"

可以说，童年时父亲留给我们最美好的记忆就是照相。在我们的记忆中，父亲早出晚归，一回到家就没完没了地打编芨芨，没怎么关心过我们的成长，唯一能体现对我们的关心的，就是照相。每年我们的生日，父亲定会带我们弟兄去照相，风雨无阻，到广场、公园，也会给我们照相。那时候的广场、公园都有摆照相摊的。一直到初中毕业，上了高中，我们自己照的相就多了，那时候同学间兴赠送照片，每年都能拿回好多照片，每人都有几本影集。

我说："我爸为啥那么爱带我们照相？那时候家里多么困难，还花这钱，年复一年的。"

"你爸说照片是真的，人是假的。"母亲翻出那两张最老的照片说。那是父亲 14 岁时的照片，一张是父亲的单独照，一张是父亲和几个战友的合影。母亲说："你爸 14 岁就顶人当兵了，一个战地记者给你爸照的，你爸年龄最小，那记者是专门给他照相，结果大家都围过来了，记者就在战场上洗的，洗出来还给了你爸各一张……"

母亲能知道"战地记者"，显然父亲不止一次给母亲讲过。

"照相几天后，就打了一仗，照片里的这些人都死了，就活下你爸一个，还是这个大个子把你爸扯压在身子底下，你爸才活下来的。你爸就是个娃娃，他们对你爸可好了，有几个也都有娃了给抓了当兵的，你爸每年烧纸，都要在旁边另烧一堆纸，就是给他们烧的……"母亲抹着眼泪说。

这我是有记忆的，每年清明、十月一、除夕给先人烧纸，父亲都会另画个圈，烧纸、奠酒、焚香，也送寒衣。但父亲从来没说起过是给谁烧的。矿工喝酒，天经地义。父亲喝酒前总是要先往地上奠三杯，这是奠祭去世的人。平时在家里，只要动个荤腥，先要泼散，也是祭奠亡故的人，连我们都知道不泼散吃了嘴会肿。

“不是这张照片，谁还知道他们都来过这个世上。”母亲说。

母亲看照片很细，一张要看好久：“看着这些照片，就把过过的日子走过的地方又过了一遍、走了一遍，等于收踪、辞路咧。”

建邦问：“妈，啥叫收踪、辞路？”

母亲说：“你这辈子走过的路就跟一条绳子一样，串着亲戚、朋友，人离世前，要把活着走过的路走一遭，把该见的人都见一下，就叫收踪，也叫辞路。”

没有什么比回忆过去更能消磨时光和缓解痛苦的。母亲看着照片沉入记忆中，我们有时也忘了给母亲吃药打针，想起来赶紧给母亲吃药打针，心疼地说：“妈，疼坏了吧？”

母亲说：“疼，啥疼？噢噢噢，对了，忘了疼了，你这一问，又疼了，快给娘打针。”

又说，“看照片能止疼哩，比药止疼。”

又说，“以后多照相，不光止疼，看着也好，过去多好。”

我的泪水蒙了双眼。

建党的照片相对要少一些，好几张照片都挤着眼睛，母亲长叹一声说：“建党胆子小，怕照相，照相机咔嚓一响，吓得直抖，哇哇地哭……”

我和大双的照片最能引出母亲的话题。对了，我们是双胞胎。母亲曾详细地讲了我和大双出生及取名的故事。

照片中的我们穿得几乎一模一样，大双说：“妈，你咋总是给我们穿一样的衣裳，就不能穿得不一样？”

母亲咯咯咯地笑着说：“好不容易生了双棒棒，当然要穿一样，让人眼热么。”

我和大双围绕着照片故意胡拉乱扯往事，与母亲争忆。

母亲指着一张照片笑着说：“这是你们谁？”

照片中我们中间有一个人的鞋露出了脚指头，大双说：“当然是小双，他匪得翻墙上房，见啥都要踢上一脚。有一天碰着一只小狗，好端端的去踢人家，小狗被你踢恼了，扑过来撕住裤腿，鞋也被咬破了。对了，就一只小京巴，你吓得又哭又喊。”

我说：“你咋不说是你跟人打架，老师只罚你一人面壁，你觉得冤枉，就踢墙，一双新鞋一节课就让你踢了个洞。”

大双说：“你就会编故事……”

“得得得，争了多少年了，我懒得跟你争。”我说，“妈，这张不是我们的生日照吧？”

大双说：“明明在照相馆，不是生日照？你看妈把我们打扮的，我们的新衣服都是过生日买的吧？”

母亲说：“也有过年买的。”

我说：“生日照咋能穿破鞋。”

母亲说：“想起来了，就是照相路上，你踢一只狗让狗把鞋咬住叼走了，等把鞋追回来，大拇指那儿咬了个洞。”

我说：“妈，你咋就老说是我。”

“谁知道你们谁是谁，一转眼就不知道谁是谁了，也可能是大双。”说着母亲就咯咯咯地笑。

大双说：“妈，你这可不负责任，是谁就是谁，模棱两可的。”

母亲说：“两个一模一样的家伙，坏得，故意捣鬼，又爱玩我是谁，你装我我装你的。”

北京天安门前的一组相片，我与大双难得有了一个区别，挨母亲站的怒目圆睁，拳头紧攥，牙齿紧咬，挨父亲站的则有些嬉皮笑脸。我和大双都说怒目圆睁，拳头紧攥，牙齿紧咬的一张是自己。我说：“嬉皮笑脸，肯定是你。”

大双嘁了一声。我又说：“人都叫你笑面虎，就你这姿势。”

母亲说：“我记得是大双挨我站着。”

我说：“妈，你老糊涂了就少说话。”

“我哪里老糊涂了，我记得清着哩。”母亲坐起来说。

大双说：“左为上，当然是大了，这你都不懂？”

我说：“左为上，可一模一样的两个东西，爸妈都不能一眼认出谁是谁，照相师傅又怎么能认识？他拉着我说你站这儿，拉着你说你站那儿，把我们拉错了呢？再说就是照个相，还左为上？”

母亲捋捋稀疏的头发说：“从北京回来，在天安门前照的相可让咱们风光结实了，后来好几家子都去北京旅游咧。”

我们的记忆当然是清晰的，因为不少同学都有在天安门前照的相，我们常常拿着北京天安门前的照片对比，照片上有照相的时间，当然比我们照片上的时间都晚。多年后，有记者做了一个统计，石炭井相当一部分人在北京天安门前照过相，看过升旗。

母亲拿着照片轻声唱起来：“我爱北京天安门，天安门上太阳升，伟大领袖毛主席，指引我们向前进……北京的金山上光芒照四方，毛主席就是那金色的太阳……”

大双说：“妈，那时候家里过得紧张，咋还全家跑到北京去旅游咧？”

母亲说：“那年你大伯和四伯都进了老家的福利工厂，有了收入，来信说再不要往回寄钱，好好把自己的日子过好。国庆节奶奶来了，那是奶奶第一次来家，你爸一拍桌子，就带一家人去了北京。”

“在天安门前肯定要照相，可这一趟出来把钱花的，我说合个影就行了，你爸说给奶奶单独照一张，他们弟兄俩一张、全家一张。你哭着喊着要单独照一张，还说一照相就我跟他照，一照相我就跟他照，为啥？坐在地上蹬着双脚哭，鞋都蹬掉了，十人九马拉不起来，惹得人都转来看，臊得人……”

我说：“一家几个人么，还十人九马拉不起来，你老把不光彩的事往我身上安。”

母亲拍了我一巴掌，咯咯咯地笑着说：“奶奶说出门在外惹得他哭，我不照了，给他们两个照吧。奶奶咋能不照，多大年纪了，怕一辈子也就来一趟北京。我说照吧照吧，好不容易来一趟，回去勺头上省省。你爸说都照，都照，晚上就能省回来。晚上不住旅社，就在天安门广场上熬夜，反正一早就得起来看升旗，一夜就省回来了。”

大双擂我一拳说：“你就不是个东西，从小就一点都不体谅大人的难处。”

我说：“看把你懂事的，你当你是个东西？你忘了，照了单人照，高兴得还奖励给了我一毛钱哩。”

“奖励的？啧啧啧，你可真会美化自己，那是你讹诈的，说同学间流行送照片，送一张有天安门的照片多有意义，不是我闹，你能照单人照？”

“就是啊，不是我哭闹，能一人一张？我真后悔那时才讹了你一毛钱，照片寄回来，你攒点钱全洗了照片咧。”

母亲笑着听我们对嘴，说：“国庆节，晚上可够冷的，现在想起来都冷哩。”

大双说：“就是就是。”

大双显然忘了他丢的人，我想起来，嘿嘿一笑，说：“你当然冷得够呛了，我以为只有在床上才尿床哩，没想到穿着裤子都尿床。”

母亲笑着说：“一泡尿把奶奶给你们铺着的大襟袄都湿透咧。”

大双脸红了，说：“妈，你们也是，好不容易去趟北京，还非不让住店……”

母亲指着我们在父亲胳膊上玩单杠的照片说：“在天安门前照相，你们在你爸胳膊上耍单杠，摄影师给你们照相，我说那不照，不照，等我们准备好了再照，那是耍哩，照啥。照相的挺好的，说这不收钱，送你们。”

父亲一米九八的个头，双臂就像矿上的铁老虎的双臂，常撑起让我们吊在上面玩单杠。

还有一张照片，上面写着“我爱北京天安门”，母亲说：“这是照相师傅不要钱给你们照的，让你们俩唱歌。”

我后来也爱好摄影，要是我我也会免费照的，谁都能一眼看出我们是双胞胎。第一次去北京，母亲给我们做了一身新衣服，军黄色的，领子上用大红平绒做了徽章，每人一顶仿军帽，不细看就是小解放军战士。

“照相师傅真是好人，真洗出来寄来了。唉，连他名字都不知道。”

母亲说。

我说：“我大哥怎么那次没去北京？”话出口了，我后悔了，大哥在对越自卫反击战中牺牲了。

母亲说：“学校里那时候有个小合唱团，国庆节要一个矿一个矿演出，你大哥还是领唱哩。建邦一岁多，该断奶了，就撂给你桂花婶，建明还没有。”

……

一张张照片引导我们回到过去的岁月，确实能干扰疼痛，母亲忘了疼痛，我们也忘了母亲的病痛！当我瞬间回到现在，想到母亲的病，脸上笑着，心却在流泪。

大双竟然睡着了，呼噜大得震天。“大双，大双，你个不孝的货。”

母亲一把捂了我的嘴说：“你别叫，让他睡睡，一天忙得啥样，哪像你。”

我伸手去捏大双的鼻子，母亲死死抓住我的胳膊说：“叫你不要给他说，你要说给他。”

我说：“不给他说，你让我这后半辈子不安生，他能饶过我？”

“唉！得啥病么，寿数尽了，一下就没了，都不受煎熬，把你们煎熬的，你也去睡睡。”

我说：“我不累，妈，你累了吗？睡睡。”

“我不累，以前是睡不着，得病了没瞌睡。也对哩，就要离开这世了，还睡，那世想咋睡就咋睡。”

我啜泣起来，母亲抚摸着我的头说：“别哭，别哭，一哭我就疼，给我打一针。”

打了针，大双醒来了。母亲说："你进去睡睡。"

大双拍拍头说："妈，你不知道我们这行，随时能睡，随时能醒，睡眠质量高，一分钟顶一小时。"

我说："大双，你……"

母亲说："你就不能叫声哥哥？"

"我已经不指望了，他不叫我哥，我倒落下好名声，都说他不懂事，不叫我哥，我都能忍得了他，现在当老板了，他的名声更臭哩。"大双说，"不过，他心里还是承认我这个哥的。"

我说："把你想得美的，我心里承认你这个哥？"

大双说："我刚睡得迷迷糊糊的，听你说大哥……"

我说："我和母亲说去北京大哥咋……"

大双咯咯一笑，打断我的话说："那谁是二哥呢？"

我愣一下，还真是，我这些年没意识到。我说："你是啥时候意识到的？"

大双说："早了，从我叫大双的那天，我可从来没叫过大哥，叫哥。"

大双给我一个眼色，我说："妈，你和我爸咋就确定他先生出来的？把他叫大双，把我叫小双，到底谁先生出来的，你们就那么确定？"

"谁先生出来的，我哪知道。"

"你哪知道，你咋不知道？你是我们后妈？"

"生你们还没把娘疼死了，生下一个我都没看一眼就昏死过去了。"

我给了大双一拳说："你个没心的东西，看把妈疼的。"

大双鞠躬说："妈，对不起昂，忙着跟小双打架哩，就出来得迟了。"

母亲嘎嘎嘎大笑半晌说："小双也不好生哩，过了几个小时才生出来，又把我疼得昏死过去了。大双难生吧还顺，头先出来，你倒好，先出一条腿，大夫把腿塞回去，一直找着头顺过来才生。”

大双又给了我一拳，说：“妈，你就不该把他生下来，到第二年再生，看他还跟我争大。”

母亲又笑，说：“谁知道谁是谁哩，生下我一个都没看一眼，护士就抱去洗去了，我就昏睡过去了，等我醒过来，一模一样的两个小家伙一丝一线都不挂地摆在我身边，问护士哪个先生的，护士也说不清楚，说放到水里就盯不住了，最后就给一个裹的被被上缝了个红绳绳，可是一洗澡又乱了。护士爱玩你们，故意捣乱，让人猜哪个是老大，你们是卫生院头一对双胞胎，护士个个稀罕，你抱抱她抱抱地就拉乱了。你爸一直想把你们分清，确定哪个是哪个，可一转眼就不知道谁是谁了，会爬了就更乱了，纠缠了好几年哩，说起来逗人得很哩。”

大双说：“妈，那给我们讲讲，小龙、小虎老让我讲我们是咋分辨清楚的事，他们老玩我是谁，做了好事争，做了坏事赖。”

母亲拍着大腿嘎嘎嘎地笑着说：“你们小时候就玩我是谁，能把人笑死，可好玩哩。”母亲眯着眼睛，显然她已经回到我们小时候的情景中去了，她就讲起了我们玩“我是谁”的故事。这故事暂且按下，后面再讲。

尽管我们严密保守，然而桂花婶很快就知道了。母亲常和桂花婶、春枝婶煲电话粥，那时候虽然已有微信，但她们还没有用上，可手机照相已经都很熟练，互相照着发，结果母亲发的照片中有自己的药。桂花婶识得那药，她得过乳腺癌，拿掉了一个乳房。那药在得到成功的确认后，先是桂花婶把我好一顿抱怨，接着是成功一个电话打来，把我骂了个狗血喷头，说哪是你一个人的妈，是你一家人的妈！他和卷毛及老班长叔的三个儿子联系，除了实在无法从岗位上脱身的，他们都一块儿回来了。从小一起玩大，如今都已经四五十岁的人了，好一通感慨。

临终前半个月，母亲大小便失禁，就吃得很少了。母亲说："我还想上天哩，婆婆老说的一句话是想上天屎还拽着哩。"桂花婶、春枝婶哪里允她少吃少喝，十几个孩子买的吃货源源不断，一样不剩地做了，喂着吃，跟她说你别怕脏着谁，谁的屁股你没给擦过。母亲咯咯咯笑着说你们的我没擦过。母亲捏着桂花婶的手说："一定要照顾好自己，大夫咋说咋吃咋喝，以前咱们老说死了把孽脱了，可到了快死的时候舍不得啊，这日子好得……"

母亲是在桂花婶、春枝婶的精心服侍下，咽下了最后一口气。

送埋了母亲，我大胆问春枝婶："你爱过我父亲吗？"

"爱呀。"春枝婶表情坦然。

我说："现在还爱吗？"

春枝婶说："爱呀。"

我向春枝婶求婚，是为父亲求婚。春枝婶一脸惊讶地说："爱就要结婚吗？娃，你太不了解你爸，也太不了解婶了。"

"人老了就没羞了，我给你说你爸第一次坐在我摊前吃凉皮，我就爱上了，死死地爱上了，可我从没有想过要嫁给你爸，我咋能把姐的男人抢来？你妈多好的一个人，要是她是个男的，我先嫁她哩。"春枝婶拉着我的手说："你妈早做过媒了，石头跑了，你妈就做过媒，说我们过两三口的日子吧，我说那是下辈子的事。前不久你们到欧洲，你当你妈是旅游去了？你妈是专门做媒去了。我说姐，我跟他是兄妹，跟你是姊妹，我们就是一家人，这话说过多少年了，我说如果你先走了，我会照料他，但跟他做夫妻那是下辈子的事，下辈子有缘，咱们还能像这辈子，我会拼命跟你争的……没有想过离开这里，谁能想到儿女东奔西走的，结婚，生娃，没办法，等小孙子离了手脚，零干了，我会回来的，我的魂在这里。”

又说：“娃，就让我们这样过完这辈子吧，多好啊。”

十几年后，春枝婶走到了生命的尽头，预感到自己的日子不多了，坚决要求回到春山，埋在老坟地母亲的身边。

逝者终将逝去，生者还要生活。母亲离世，父亲一个人生活是没有可能的，除了下井挖煤，没完没了地打编芨芨，他没洗过衣物，没上过锅灶，真像那话说的衣来伸手，饭来张口，不知道自家的锅大碗小，更何况他已经是七十多岁的人了。

让父亲随我生活是不用商量的。大双 18 岁当了铁路工人，就住进了铁路宿舍，后来跟火车，完全与家就脱离了，然后从石炭井到大武口再到银川、兰州，娶老婆时家里人都没有参加，因为他赶新潮，响应铁路职工集体婚礼，坐火车旅行结婚。大双生下双胞胎，母亲倒是去伺候月子，婆媳处得虽跟姊妹一样，然而毕竟远着一步，整体上还是跟亲戚一样，尤其是大双老婆对父亲是除了客气还是客气。

我们是跟父母一直一起生活了十几二十年，尤其父亲还是孙桂芬的救命恩人。石炭井的雨季在六七八九月，正值天气最暴烈时节，只要下雨，多为暴雨，就会形成山洪，你能看到山沟谷壑间洪水像一条条水龙扑下山来，裹挟的泥沙杂物石块汇聚到沙河，平时水小得可以涉水而过的沙河，也有了惊涛拍岸的气势，非常壮观。人们站在沙滩高处观看，当然也常常造成洪灾。我们生活的小湾就在沙河边的坡上，父亲水性好，在河中救起过不少的人。孙桂芬十二岁时，在沙河边玩水，让忽然袭来的洪水卷走，幸遇父亲救起。从此，孙桂芬就常来家里，母亲激动地说是老天爷看她无女儿，专门送了一个女儿给她。孙桂芬成为我老婆，颇有一番周折，后面我会讲到。对于一个老人来说，救了一个女儿，后又成了儿媳妇，托老这样的关系是积修多少年才能修来的缘分。这是母亲挂在嘴边的话。

我们只是担心父亲不愿意去南边，很快，这种担心就浮现了出来。

从北京回到银川，按母亲的意愿吃了涮羊肉，回到石炭井那天中午，孙桂芬要去做饭，父亲说："我来做，我做。"

我说："你别逞能。"

父亲嘿嘿地笑着说："你们想吃啥，点吧。"

"乱炖！"我们几乎异口同声。

父亲系了围裙说："太简单了。"

我们说："算了吧，逞啥能。"

母亲说："让他做，让你爸做。"

乱炖好了，父亲还做了胡辣汤，那也是我们的最爱。没想到父亲做得很到位，跟母亲做的一点儿没区别。接下来母亲就像个馋嘴的孩子，想吃这想吃那的，孙桂芬要去做，母亲说："让你爸去做，你就陪着妈，让妈好好谢谢你，你比亲女儿好哩。"

孙桂芬说："我做，咋能老让我爸做，他大半辈子没上过锅灶。"

母亲说："所以才让他做哩，咱们好好吃吃。"

父亲说："我做，我做，你陪你妈说话，那是大事。"

凉拌三丝、青椒炒肉片、青炒土豆丝、木耳洋葱炝拌、爆炒羊羔肉、红烧鲤鱼、清炖羊肉、烩肉、烩羊杂、西红柿鸡蛋汤、鸡蛋灌饼、南瓜饼、油饼、葱花饼、鸡蛋饼、水煎包、八宝粥、小米粥、南瓜粥、白粥、黑米粥，小揪面、蘑菇面……父亲充分地展示了他的厨艺，样样可口，家常味足，完全传承了母亲的手艺。

母亲说："别看你爸五大三粗的，心灵手巧着哩。"

我说："老了老了，学着做起饭来了，他是没儿没女的人吗……"

我们都明白，父亲如此充分地展示他的厨艺，是在表达自己的生活完全能够自理。显然，母亲的病有了反应之后，他们做了最坏的打算、最充足的准备——母亲教会了父亲自理。这分明是没有随我们任何一位的意思。这让我们很头疼，因为父亲只要拿定主意，是很难改变的。

母亲抓住我的手说："女人一辈子享福没享福，是看享没享上男人的福，我享你爸的福了，日子难过的那些年，我心里没慌过，有你爸哩。我和你爸都说过，谁走到前头谁是有福的，我比他有福。唉，你爸一辈子硬苦自己也不苦别人，我想死到你爸后面，可不争气。"母亲用力捏着我的手说："照顾好你爸。"

我说："妈，你是不是觉得我不孝顺。"

母亲笑着，半晌说："别为难你爸。"

我愣了一下，捏着母亲的手说："妈哎，为难我爸？你老糊涂了，他是我亲爸，难道他是我后爸？就是他是我后爸，我们一起生活了这么多年，他对你又那么好，那么听你的话，我也不会为难他啊。"

母亲笑着说："我说的不是这样的意思，不是这样的意思。"

我说："我知道你说的意思……"

母亲捏着我的手，紧紧地捏着。

母亲走到了人生的尽头，在咽下最后一口气时，又说："别为难你爸！"

母亲去世，过了三七，公司有事我就回了深圳。我说："七七我回来接你。"

他说："你忙你的，别把公司放黄了。"

到了七七，我回来给母亲上坟，烧过纸，当我提出来接他走的时候，他目光沉郁，盯了我半天说："你娘坟头的土都没干啊。"声音不大，但我听到了他内心的吼声，我哭了。

一周年祭时，我又提出来接他走，父亲说："你去忙吧，等我收拾好了给你电话。"

我等着电话，然而，电话迟迟没来。

第四章

一天，在海南康养的老冯打电话，问了我一件没什么意义的往事，事儿说完了，他哦了一声告诉我他最近回了石嘴山，坐绿皮小火车进了趟石炭井，碰到了我的父亲，还和他在石炭井住了一晚上。他说得轻描淡写，最后缀了一句："郭叔多大年纪了？"

我说："80岁了。"

"有那么大吗？"他口气中充满了质疑，"不像，你记错了吧，现在儿女记不住老人年龄的实在太多了。"

老冯这么一说，让我也对"80岁"疑惑起来。因为我说的"80岁"是个概念。说实话父亲生于哪年，属什么的，我是没有记忆的。这让我瞬间恍惚了，很快我拍拍脑袋，80岁是准确无疑的，当然我能记住父亲80岁这一年龄，不是因为我有孝心，而是去年父亲79岁，我们给父亲做了"抢八十"。尽管随着年龄增长，记忆越来越不靠谱了，可"抢八十”过去还没半年，记忆是可靠的。

人们迷信地认为，“阳寿”是由阴曹地府的阎王爷掌管，人能活多少岁，一出生生死簿上就定好了，阎王爷叫你三更死，小鬼不留你到五更，到时阎王爷大笔一挥勾了名，“无常”就来索命了。按过去的医疗条件，人活七十古来稀，七十岁是天寿（人们认为是自己应得的正常寿命），“古稀”之年，就该设宴祝寿，活到八十岁，超越天命，便疑惑是阎王爷喝醉或者懒政，忘了挥大笔勾魂，干脆再哄哄，七十九说小八十，八十生日七十九岁过，大张旗鼓提前过，等到了第二年阎王爷派无常来索命，世间已经没有 80 岁的他了，这就叫作“抢八十”，是从阎王爷那里去“抢”寿的。

“抢八十”是桂花婶提出来的。说起来真是羞赧，桂花婶专程从法国回来，我们才知道父亲小八十了。我们跟父亲一说抢寿，父亲毫无兴趣，说抢啥寿，迷信，哪里来那么多的讲究，人要不死，那成啥了，不成精了，不成了祸害。桂花婶一说，他就过了。

我正要做点说明，老冯却已挂了电话。那么随便，就像问父亲的年龄是话赶话的一句不经意的话而已。然而，却把一块石头搁进我的心里，这不是将我置于不孝之地？而这阵我们一家人都在海滩晒太阳，虽然是在电话里，远隔千里，我的脸却火烧火燎的。“孝子都在微信里”，这是我在微信圈里发过的一句话，赢得了不少人点赞，也惹得许多人不高兴。

真让人又恼火又心疼，我回公司交代了一下，就和儿子子瑞飞回了银川。

“一定要搬上爷爷，不行就上硬手段，绑也得从贺兰山深处绑走，把房子推倒。”我气势汹汹地说。

租了一辆车，出银川城，儿子要走沿山路，这样我们就与铁路并行。在空旷无垠的戈壁滩上，一列火车正在行驶。在苍莽绵延的贺兰山的衬托下，列车失去了速度，仿佛是停滞不前，只有当贺兰山顶残存的冰雪把阳光折射过来，打在列车窗玻璃上，时不时剑锋一样扫过眼睛，才感到火车在行进中。

还是那种绿皮小火车，在许多人心中、笔下，它是脏、乱、差、慢、挤的代名词，一度成为人们吐槽的对象，然而它却让我倍感亲切，它穿过我的整个青少年时代，承载过我的野心与梦想。

这种绿皮小火车已经退出了历史舞台，媒体报道中用了“巨星的陨落”来表述这种退出。然而，它依然驰骋在银川到石炭井这条路上。子瑞加速，追上了火车，与火车并行，然后让我开车，他则一路拍摄。

穿行在石炭井矿区，感觉像是行走在火星上，或者是好莱坞大片中世界末日的拍摄场地：厂矿全部关闭拆迁，到处残垣断壁，一片衰败，残存的破旧房屋只有极个别的有人；宁静，废墟上的宁静。

进入石炭井主城区，钢厂、焦煤厂、洗煤厂、医院、学校、厂房、企业、邮局、银行、政府办公楼、棚户区、家属院、收费站、救护大队、汽车站、菜市场、卫生所、军营、老房子、烟囱、商场、餐厅、歌舞厅、杂货店、酒吧、布丁店、垃圾桶……一切都生上了岁月的锈，到处断壁残垣，遍地半砖碎瓦，正在被衰败的锈色湮没，泛起沥青和砾渣的街道、马路坑坑岗岗，空无一人，让人生出“万户萧疏鬼唱歌”的诗句。

一个过了知天命之年的人，走在出生并生活了三四十年才离开的土地上，帕慕克《伊斯坦布尔：一座城市的记忆》中那种情绪便始终洋溢在心头。一如对帕慕克来说，伊斯坦布尔就是一座废墟之城，贯穿着一个词——“呼愁”（土耳其语“忧伤”的意思），传达着他心灵深处的失落：“我一生不是对抗这种忧伤，就是让她成为我自己的忧伤。”“我喜欢那排山倒海的忧伤，当我看着旧公寓楼房的墙壁以及斑驳失修的木宅废墟黑暗的外表——我只在伊斯坦布尔见过这种质地，这种阴影——当我看着黑白人群匆匆走在渐暗的冬日街道时，我内心深处便有一种甘苦与共之感，仿佛夜将我们的生活、我们的街道、属于我们的每一件东西罩在一大片黑暗中，仿佛我们一旦平平安安回到家，待在卧室里，躺在床上，便能回去做我们失落的繁华梦，我们的昔日传奇梦。”

石炭井的每一个角落都散发着我的“呼愁”。

不过，以贺兰山深处工业遗址为基础，政府正打造集观光、影视、体验、科普等为一体的工业旅游和影视拍摄基地，山地赛车、户外野营、摩托车越野等多种业态，但仅仅只是开始，已有了星星点点的艳丽色彩。

忽然一声驴的长鸣，在寂静的山野恣肆传扬。伴随着驴叫，前面出现一位老汉赶着一辆驴车，晃晃悠悠走着。

子瑞说：“这驴是自己叫给自己听，解自己的孤寂哩。”

这头驴毛色油光闪亮，笼头都是彩绸绾成。

子瑞拿出机子跟着拍起来。

老汉看看我们说：“拍电影？”

我笑笑说：“有拍电影的？”

老汉说：“有，前两天还在拍哩。”

我拍驴一巴掌说：“你赶着驴吉普做啥？”

“拍电影用驴车，专门置办的。”

子瑞说："啥？驴吉普？"

老汉嘿嘿一笑说："就是这驴车，以前叫驴吉普。"

子瑞激动地说："驴吉普，驴吉普，谁策划出来的，真牛。"

我说："是皮定均想出来的。"

"皮定均，人在哪里？得见见这个高人，看看我们能不能合作一把。"

我笑着说："二十世纪六七十年代兰州军区司令员皮定均来视察时了解到交通不便，官兵出行靠毛驴车，特批给连队配发了一批毛驴车，经费草料列入供给编制，战士们称'驴吉普'。"

儿子兴奋地说："组建一支驴吉普车队，拍电影，搞旅游，绝对OK。"

我递给老汉一根烟，老汉点了抽了一口徐徐喷出来说："你们是干啥的？来投资旅游的？"

我笑笑说："老叔，你咋想到我们是搞旅游投资的？"

他说："现在这里政府只让搞旅游，不让挖煤咧。"

子瑞说："这里搞旅游有前途吗？"

"有，前途大哩，咱们这里树木稀少，山是裸山，南方人看了激动得很，他们那里的山全让草木苫盖住了，再说咱们这里的石头多彩，每个沟都有自己的特色哩。"

"谢谢大爷。"

"你们要是搞旅游，给你介绍个人，让他给你们出出主意，他对这山山沟沟熟得很，哪条沟风景美，有啥特点，他太了解了。"

"谁？"

“老郭啊，以前的煤矿工人，在这里待了五六十年了，活地图，都成山神土地了。”

“那是我爷爷。”

老汉嘿嘿一笑说：“难怪你搞旅游哩，有你爷这个宝哩么，他刚刚从这里过去，你们过了那嵝岘就能看见，应该跟老张在一起。那老张你们也是用得着，一参加工作就在这里，几十年的老气象了，搞旅游你离不了气象，咱们这里气象变化突然得很。”

子瑞又给老汉点了一根烟，老汉说：“去年，几个驴友从归德沟进去，结果暴雨倾盆。我们搗罐罐茶，你爷说不好，这些家伙有危险。他提了个棍子就进去了，那些家伙求救了，救助队来的时候，你爷已经把他们带了出来。”

我们到了小湾自建区，眼前完全崛起了一个绿色高台，苹果树、梨树、枣树、桃树、柳树、椿树、杨树、槐树，葡萄在自建房每户人家院落里成排成行地茂盛生长，高、低、粗、细，参参差差。在这里种活一棵树需要抓养活一个孩子的工夫，这些树从栽下到成长是费了工夫的。已是仲秋，墨绿、橙黄、锈红、褐紫的树叶开始飘零，那棵最高大的白杨树直穿云霄，金叶翩然，飒飒作响。所有的树下半身都用白石灰刷过，院墙边摞着芨芨草帘和草绳，再过十天半月，这些树的树身将裹上芨芨帘子过冬了……我们几家人的园子里，几畦土豆还没有挖，几行镢头把（红葱）已经高高壅起，已经收获过的土地收拾得绵软。小区有近百户人家都走光了，只剩下了父亲，看来这些年父亲是没有闲着。

豁豁牙牙的院墙被维修一新，而且加高了一尺多，全是用石头堆砌水泥浇筑，每隔一段码砌一个扛风的垛堞，边线像波浪线一样，这样可以减轻风的阻力。子瑞说："上面要是留枪炮口就像城堡了，这就是将军府。"

沿着小湾自建区边缘加了铁丝网，是为了预防树被野生动物啃噬。随着人口撤离，这里成了动物的天地。一辆锈迹斑斑沾满泥巴像油画上的老旧班车做了大门，车身上爬满了暗绿色的蔓藤。

大门锁着，周围没有一个人影。

我对子瑞说："先去给奶奶上个坟吧。"

拐出一个湾，转过山水沟，就看见父亲和一位老人像一对老鹰蹴在大脑袋梁上。

"一对落在山梁上的老鹰，别惊动他们，这山岭、这阳光、这老鹰、这白云……"子瑞说着停下车。

我说："你啥眼神，那是两个老人，一个是你爷爷。"

子瑞近视，没想到近视得这么厉害。

子瑞放飞航拍器拍起来，边拍边大叫着："太有感觉了，太有感觉了，老爸，你来看，太有感觉了。"

我说："贺兰山本来就是一座很有感觉的山。"

从取景器中看，贺兰山泛着青铜般的色泽，鹰隼翔于谷壑，岩羊成群越涧，绿皮火车披着明丽的阳光驶来……不能不感慨现在摄影可真是省事，我曾经为拍照片，一个月跑烂过两双户外跋涉鞋。我问子瑞能飞多远，多高。他说八公里，三千米，国家不管控，能飞得更高更远。

父亲冲我们挥挥手。

母亲的坟地从山的皱褶里浮现出来，这里有几十座坟墓，是石炭井一个较大的墓地。芨芨、芦荻飞白，风掠着谷坡，银浪翻滚，赶羊似的，山野大片大片地绽放着粉色花，那是永不凋谢的石花。

烧纸焚香，子瑞又拍起来，我说："快走，时间不早了。"

子瑞说："光线正好哩，这地方你就一点感觉都没有？"

拍了好一阵，上了车，子瑞说："撼山易，撼爷爷难，要是我也不走哩。"

我说："你别说泄气的话，硬气点。"

我们从山中回来，一股烤枣的香味扑鼻，父亲在捣罐罐茶。

我在院里看看，三间房子收拾得竟然就像是客栈，显然经常有人来住的。我管不了那么多，冲着父亲发脾气，讲道理，更讲了唾沫淹死人的舆论。父亲一句话不说，他的表情平静，目光投向窗外，他的手指在膝盖上弹拨着一首旋律，显然，我的话对他没有产生任何作用。他有他的世界。他进入了自己的世界里，置身事外。这是他惯用的手段，只要他不想听话时，就进入自己的世界里去。

一个不卑不亢的人是最有主见的人，从不为人的说法所左右，这个性我太明白了。因此，我直接收拾东西往车上搬，表示出这次必须搬迁，没有任何商量的余地。父亲看看我们没说话，出门去了。

有什么要搬的呢，床、柜子、椅子、火炉都是很久以前的，唯一可搬的就是墙上挂着的五个相框。我以为父亲去方便了，点了根烟，等着父亲。然而父亲却不见回来，我出门四处找寻，一位靠墙蹴着的老汉说向山里头走了。

我气急败坏，正在屋里发狂撒野，父亲回来了，他直接坐进了车里。

孙桂芬对父亲的孝顺绝对超过亲生女儿，一个老人的所需所想她都想到了，做到了。她专门从网上查寻如何让老人开心快乐健康，选择性付诸实施。我也回家勤了，能推的应酬尽量推了，以前吃茶、闲聊、打麻将、下棋的爱好也收敛了许多。

我们这个小区很不错的，当然是因为我到深圳早买得早，要是现在是买不起的。在房间能看到美丽的海湾，可以坐在阳台上喝茶聊天、读书看报，感受面朝大海、春暖花开。院内有散步、跑步通道，小区有健身馆，配备有老年人专属的健身器材及设施，有看得见天空的游泳池、泡浴区。尤其是餐厅，根据不同生活习惯提供中、西餐饮食。重要的是离海滩仅十分钟，而旁边有山，专门砌筑了爬山的塑胶路道。

我陪着父亲走了几回，然而，父亲却很少去——他很少出门，常坐在阳台前，一坐就是半天，再就是把自己囚在二十多平方米的卧室，或坐或躺，永远处于似睡似醒的状态，让人不忍细睹。

他就像是做客，事事处处配合着我们，就像一个失势的孩子，赔着小心，是那样的谦让，甚至卑微，看我的眼神甚至有些游离、飘忽，这让我想到一个词：寄人篱下。他失去了自己。这让我心疼，让我无奈，更让我害怕。而我们更是事事处处赔着小心，结果搞得家里的气氛怪怪的。

每天吃过晚饭，我总要陪他坐坐，说说话，我怕他孤独，患上抑郁症、老年痴呆症。尽管他尽力配合着我，可是那么的别扭和不自然，他一根接一根地吃烟，就像我们不是在说话，而是在谈话。问题是天天说有啥说的呢，反而越说越无聊，越没味道，我都不知道该说些啥，他就更无话可说了，好不累人啊。后来，说不了几句话，他就说去忙你的吧，你别管我。我知道他觉得我陪他说话是在受罪。后来每当我表现出要跟他说话时，他就会表现出一种紧张的神情。为了逃避和我说话，吃过饭他早早就上了床，灯也不开。我说你把灯开着。他说没事干，开着灯做啥？我知道他睡不着，因为屋内飘出一股呛人的烟味。我试图培养他看电视的兴趣，朋友们谈起避免一个老人陷入孤单、抑郁、痴呆的最好手段，就是让他痴迷那些一搞几季的肥皂剧、相声小品、娱乐节目。然而，父亲对电视从来都没有兴趣，现在更没兴趣。子瑞回来，家里气氛要好一些，爷孙说说笑笑，可子瑞公司接了个活，忙得一塌糊涂，一连多日难得回来一趟。

“爷，你有啥不开心的给我说。”

“我有啥不开心的，你忙你的去。”

他在家里是那么威风八面的一个人，像老大一样，那是他的地盘，那炕就是他的龙榻，他斜躺横卧、或蹴或坐，怎么舒坦怎么来。我才明白父母的家永远是儿女的家，儿女的家永远不是父母的家。

孙桂芬说：“父亲的饭量减了一大半，烟抽得凶了。”

我说：“你跟爸好好说说，爸是你的救命恩人，话好说。”

孙桂芬说：“说了，可我跟他一说他就说我没事，你忙你的，一说他就说我没事，你忙你的。”

子瑞说：“爸，我爷像老了好多，也呆了好多。”

我又何尝没有这种感受呢。

孙桂芬说：“爸是不是把魂丢了，要不给叫个魂。”

这话让我一抖，这是母亲常说的话。每当我们发呆时，母亲会摸着头说蔫呆呆的，把魂丢了。人是有魂的。父亲曾经说过，人把魂丢了，怕就老年痴呆了吧。

子瑞说：“我爷的魂肯定丢在石炭井了。”

“呃……”

我想到了老年俱乐部。老总是熟人，他告诉我老人们都孤独，老人的孤独是儿女们解决不了的，送到老年俱乐部来，与更多的老年人相识、相知、相交，参加老年俱乐部组织的活动，还有专业人员根据老人的身体情况和需求制订个性化的健身训练。

他介绍了几个会员让我跟他们了解了解。

老惠说老伴去世早，一度把自己封闭起来，儿女不是不孝顺，尽量满足你，可是总觉得生活中少了啥，单调乏味，阴郁苦闷，心里潮乎乎的，一是儿女工作忙压力大，二是和儿女有代沟，加入老年俱乐部，走进了一个世界，认识了很多谈得来的老年朋友不说，有养生公益讲座，经常搞各种活动，参加了几次活动，心情一下就开朗了，干爽了。他说：“朗诵、唱歌、跳舞、书画、摄影、钓鱼、运动，多哩，还有麻将、扑克、象棋、跳棋、台球、保龄球等活动，总有一项适合他，不需要多少文化，不需要有基础，只要是喜欢就能去做。像唱歌，参加大合唱，都唱的是老歌、红歌、流行歌。朗诵吧，给你一张朗诵的东西，许多人都不识字，有人教，很快就能背会。什么活动都能参加，能做的事多哩。老年人重要的是走出家门，能看到更大的太阳，更多的色彩。”我点点头。

童先生是机床厂工人，跟父亲的经历有些相似，没有文化，可他喜欢书画，源于他对知识分子的崇拜。俱乐部常组织书画艺术交流活动，可以欣赏到知名书画家的精品，还能欣赏他们当场作画，更能得到他们的指点。他给我看他的美术作品，画得真不错，我就想到爱好是最好的老师，也可以说爱好什么意味着你有什么基因吧。他说：“咱们又不是图名图利，就是爱好，爱好对人太重要了，能把你融进一个世界中去……”

周先生是旅游达人，更是摄影迷，他还翻手机给我看自己比较满意的摄影作品，哪些作品被哪里采用、展出。他准备出本摄影作品集。他说：“爱好摄影的老人最多，都爱摄影，老年俱乐部经常组织采风旅游，费用也不高，退休金承担得起。”

我紧紧握握周先生的手，这可是父亲的爱好，退休后他给自己买了个傻瓜相机，拍了几箱子胶卷。

见了六七个人，年龄从五六十到八九十，他们都找到了自己的爱好。

“也不贵，要是退休的，工资就足够了。”

“给老人花点钱吧，那是积福报。”

我当时就要办理入会手续，老总说：“先让老人来试试再说。”

回去跟父亲一说，父亲倒是没有反对，我带父亲到了老年俱乐部，老总说：“好了，老叔交给我了，你走吧。”

我说：“我留下来陪陪。”

老总说：“你在家不是天天陪呢么，陪了个啥结果，老人得有自己独特的世界，不是儿孙总围绕在自己身边就幸福，他想的时候儿孙能及时出现，不想的时候滚得越远越好，给他们自由的空间和时间。”

接连一周，父亲每天都去老年俱乐部，我心安了许多。

我想去俱乐部把手续办了，再带父亲出来买时尚的衣服和鞋。父亲一直穿深蓝或黑色的，我想买些别的颜色的，俱乐部的老人们穿得可是比年轻人还时尚的。到了俱乐部，活动中心和各种兴趣班里，父亲都不在，我转悠到一个小广场，远远看到他在大道的景观林带里，坐在一把椅子上看着天空。我没有打扰他，去找老总，刚一张嘴，老总说：“你先不要说话，听我说。”

我点点头，他说：“老叔说他有一个世外桃源，上千棵树的大庄园，在山中，在那里他能享受这世上最好的阳光，最干净的空气，最环保的水果。鸟一群一群的，老鹰在天上飞，兔子、黄鼠、岩羊在山坡上跑，狐狸、狼都有了，每一条弯曲的羊肠小路都留下了他的足迹，在山上走走，树下坐坐，不用安排组织，他有些朋友经常一起活动……”

我呃一声说：“他……”

老总摇摇手说：“我点根烟，”他说，“你给我说的你们那地方可不是这样的……”

我说：“我说的是我离开以前，现在那地方人搬空了，全方位交给大自然了，一切都在修复中。”

老总说：“这几天我跟老叔谈心，老叔说深圳这地方好是好得很，你这里养老也好是好得很，可是我生啊，人生地生，他们都是本地人，他们家就在这里，他们好多都是一起耍大的，有许多是一起工作的，他们都叫绰号、小名，说着过去，他们跟我说话，可我一句听不懂……老叔给我讲了这样一件事，有天他不小心弄破了手指，他捻了一撮土捏在伤口上，竟然发炎熟脓，在石炭井，他经常是往伤口捏一撮土，就长好了……幸福感是最养生的，对于一个老人，什么是幸福，就是有一颗自由的心灵，思念有个去处，想法有个去处，灵魂有个去处，他能看到他的过去，就是最幸福的了。幸福就是让灵魂能有一个最恰切的安放。老叔有一颗自由的心灵，或许，老叔回去更适宜于养生，毕竟八十的人了……”

“爸，我觉得我爷好可怜，把我爷送回去吧。”子瑞说，“奶奶去世前给你说，别为难你爸！”

又说：“爸，我知道你是好心，可好心有时候最为难人了。”

又说：“爸，你知道我为啥要在外面租住吗？因为这不是我的家，谁的家是适应于谁的，即使是儿子的家，也未必适应于老子，即使是老子的家，也未必适应于儿子。”

人是需要审视自己的行为的。

世俗先入为主的教育给了我们太多的没有经过思考审查的经验，成为我们自以为是的真理。看着人们候鸟一样涌向南方，我们就认为那就是幸福；看着人们躺在养生馆里任人修理，我们就认为那就是幸福；看着人们在大屋里听讲述人生幸福的“鸡汤”，我们就认为那就是幸福……候鸟上万里的迁徙被人美化为逐梦，谁又去思考它们根本上是为了生存的简约真理？世俗有强大的气场,我们抵御不了世俗的闲言碎语。

不可否认，人的内心有一种刻骨的虚伪，儿女所谓的尽孝都是站在自己的立场上，站在社会的立场上，是在做给别人看，自己生活在繁华都市，把他一个人撂在荒山野岭，于我是不孝，于他是失败。那是要遭人耻笑的，既耻笑他，又耻笑我。我们的种种努力，不过只为了周遭的人对自己的满意而已，为了博得他人的称许与微笑。我们战战兢兢地将自己套入所有的模式所有的桎梏，活在别人的看法里，谁会站在老人的角度，真正走进过老人的内心世界。

情感倘若没有寄托栖息的地方，心到哪里都是在流浪。

一个人尤其是老人，对哪里有感情就会从哪里得到幸福，而一个人最有感情的地方，不就是用青春、爱情、理想、追求、信念夯筑起来的故土吗？倘若人生是一场旅行，那就是从肉体到心灵的旅行。套用流行话说，张扬的青春、奋斗的岁月、拼命的追求、坚强的信念，他的幸与不幸，他的年轮与岁月，他的光荣与梦想，都是在那方土地上完成的。父亲也是一个八十岁的人了，到了叶落归根的年纪，我却将他剥离了这片土地，给予他漂泊的“幸福”，我恍惚顿悟，这不正是母亲所担忧的“为难”？

事实上这十几年搬迁父亲的过程，随着年龄增加，过了知天命之年，我也恍惚了，我的梦中多了石炭井，我的话语中多了石炭井，我的思想中多了石炭井。我曾经像逃离灾区一样逃离石炭井，可它已经渗入你的骨头血脉之中，你就是到了天涯海角，石炭井也在你的身上，在梦中你回去的还是故乡。知天命之年，连我也开始回望留恋老家的生活，我明白了，即使是一个逃离故乡的人，也是背负着故乡在逃。

我说：“爸，你收拾一下，咱们回去吧。”

他盯着我看着，仿佛是不相信，他的手抖了一下，就像是痉挛了。

我说：“你收拾一下，我们一起回石炭井……”

他说：“不用，不用，你忙你的，我一个人能回去。”

我笑笑说：“这么远的路，不送我心里能安？”

他说：“一下飞机就到银川，到了银川还能把我丢了？你正是干事的年纪，一点时间都别浪费了。”

他忙不迭地收拾行装了，就像一个来浪门子的亲戚，把自己的东西都装捆了起来。我笑了说：“爸，你这趟亲戚浪得够长的，再找找，别落下啥。”

他手指头点点我，嘿嘿地笑了。

我说：“我知道你康健得很，比我出门让你放心，可是有规定的，八十岁以上的老人必须有家人陪的，他们怕出事找他们的麻烦。你已经八十了。”

他看看我说：“有这规定？”

我说：“我上网给你搜出来你看看。”

子瑞从门外进来说：“我送我爷，我送我爷。”

我说：“你不是在忙什么项目吗？”

子瑞说：“已经结尾了，我把公司炒了。”

我说：“你不是对这家公司评价还不错吗？”

“现在我不想评价咧，不想用金钱衡量艺术，”子瑞说，“爷，我送你回去，不过你得给我几天时间，我给你一个惊喜，这个惊喜需要几天的培训。”

父亲疑惑地看着子瑞。子瑞说：“大半年时间都过去了，几天你耗不了？绝对让你惊喜。”

我捣了子瑞一拳说：“卖啥关子，快说。”

子瑞搬过他拿进来的箱子，我认得出那是航拍器，或者叫无人机。

“我跟公司结的钱为爷爷专门买的。”

“我给你报销。”

“不不不，你别掺和，”子瑞说，“我这段时间看了爷爷拍摄的贺兰山好不震撼，就是你这个儿子太不够劲了，他那相机多少年前的货了，我要给爷爷一个无人机，可不得培训。”

我脸红了，父亲自己买的傻瓜相机，用了好多年，一直到坏。他现在用的相机还是我们淘汰了的。

我敬儿子一杯酒，说：“爷爷没白疼你。”

父亲说：“留着你用……”

子瑞说：“我有三架，这东西更新得很快，可随时更换，不费钱的。刚出来一架几万，现在几千的都很先进，另外咱们还可以随时更换零件，保证能用到最新的。爷，你这年龄最不应该考虑钱的问题。”

父亲笑着说：“爷这一辈子看重许多东西，从没看重过钱。”

我说：“这话倒是实话。”

“爷，我要打造你的第二春，八十岁老人的第二春。”

我说：“郭老师，那你也培训培训我。”

父亲扑哧笑了。子瑞说：“爷，有了无人机，你能比爬山看得更远。”

只三天，父亲就学会了操作。

子瑞打了几个大包，几乎把自己的东西全打了包。我说：“你这是……”

子瑞说：“我要转场，转场懂吗？”

我在他头上拍了一巴掌。

晚饭孙桂芬订在最正宗的粤菜老字号，父亲却说：“就在家里，我给咱们炒几个菜。”

我一拍手说：“要得！”

我拿出来一瓶茅台，他看着我说：“飞机上不让带酒。”

我一笑说：“谁给你带，咱们这阵喝了。”

“不够，不够，我也要喝哩。”子瑞说。

我说：“你喝啥……”

“你得给我壮行。”

父亲笑着说：“让喝点。”

我说：“你回去吃喝上可千万不敢胡凑合，老了营养要跟上。”

他一笑说：“凑合不了，你妈做的饭，吃了一辈子，上瘾了，少吃一顿都不行。”

我说：“我妈做的饭？”

他说：“我做的饭不像你妈做的？你不是吃了说我得到你妈的真传了吗？没少下功夫哩。”

他说：“这我知道呢，现在又没啥负担了，就剩下个吃喝了，不会亏嘴的。”

我给了他一张卡，他说：“给我这做啥，退休金够花。”

我说：“万一你要种树、修渠呢？”

他笑着说：“也花不了多少钱。”

我说：“拿着吧，你又不会乱花，这我从小就知道。”

从不贪杯的父亲今儿有些贪杯，子瑞、桂芬和我给他敬酒，他端过就喝，还给我们敬酒。桂芬拦他，他说：“没事，喝酒是个心情。”

一瓶光了，他说：“再开一瓶。”

桂芬拦阻，我说：“没事，父亲最了解自己了，一辈子都没喝醉过。”

子瑞没喝上十杯酒，就趴在桌上呼呼大睡了。

喝过酒，我让他早点睡，他坐在沙发上拍着旁边说：“你坐，坐。”

我坐下，他用那种眼神看了我一眼，激动地在地上转圈圈，转了好一会儿笑笑说：“在石炭井过了五六十年了，苦下到哪达哪达亲。”

“苦下到哪达哪达亲”，一句能将戈壁砸个坑的话，是啊，下过的苦是有记忆的。在石炭井，虽不能说我像他那样下过苦，但是我在那里长大，我在那里过过生活。亲是一种恩，也是一种威，亲是一种舍，也是一种得。五六十年了，用时尚的话说，他的苦难与幸福，他的年轮与岁月，他的思想与认知，他的光荣与梦想，都与那片土地融为一体。在那片土地上，他下的苦已经长成了一棵大树，枝枝丫丫都扎根在土地里。在那片土地上，他，器宇轩昂，威风八面，他是有活的人，有话的人，有思想的人，有事业的人，有话语权的人。他就是自己的佛，就是自己的主，就是自己的神，就是自己的天堂，站在山梁上，那就是顶天立地的一个王，我却硬把他从土地上剥离开来，就像剥羊一样，但比剥羊更残忍的是羊在死了才剥，而我这是活剥。

故乡，一个人与生俱来的应许之地，也是被人们不断提及，不断预设许多个判定条件。“苦下到哪达哪达亲”，这是父亲对故乡的定义，更为形象、贴切。我们描述过多少乡愁，哪里比得上这句“苦下到哪达哪达亲”呢？

第五章

苦下到哪达哪达亲。

那就从贺兰山说起。

对，就是岳飞《满江红·怒发冲冠》中“驾长车，踏破贺兰山缺”的贺兰山，它南北走向，北起巴彦敖包，南至青铜峡，峰峦巍峨，崖谷险峻，绵亘260余公里，宽只有约30公里。敖包疙瘩——蒙古族人在贺兰山最高处，用石头堆起一个蒙古族祭神的敖包，成了贺兰山主峰的标志，海拔3556米。即使到了夏日，山顶冰雪覆盖，遂成明清宁夏八景之一——贺兰晴雪。

贺兰山历史上是匈奴、鲜卑、突厥、回鹘、吐蕃、党项等北方少数民族驻牧游猎、生息繁衍之地，也是游牧民族通往中原地带的天然屏障，兵家必争，战争频仍，乱象丛生。“贺兰山顶草，时动卷帆风。”“驾长车，踏破贺兰山缺。”“贺兰山下阵如云，羽檄交驰日夕闻。”写贺兰山的诗篇刀光剑影，充满肃杀之气。党项族正是据贺兰山建立了先后与宋、辽、金鼎立189年的西夏割据王朝。

“贺兰”一度被解释为蒙古语“赫兰”转音，是骏马的意思，连《辞源》也这样注释：“贺兰山，主峰在宁夏贺兰县境内，山丘多青白草，遥望如骏马。蒙古语称骏马为贺兰，故名。”说天气晴好，夕阳斜来，眯眼西望，贺兰山起伏的山形像一匹扬鬃飞蹄的骏马。那么站在哪儿看得出它像一匹扬鬃飞蹄的骏马？没有人指出具体的位置。这说法无疑牵强附会于这一解释。倒是张贤亮先生在《河的子孙》中写道：“西边，越过柏油公路如长城一般的路基，可以看到绵延的群山的最高处，落日的余晖勾勒出了人面峰的轮廓。它名副其实，真像一张仰面朝天的人脸。山顶上的平台如同宽阔的前额，一块突出的巉岩和那下面陡峭的绝壁，构成了高耸的眉棱和深沉的眼睛。往下，一条倾斜的山梁和山梁尽头垂直而下的高崖，是略带傲气的鼻子。接着，一道线条明晰的锯齿形的山峰画出了两片紧闭着的清秀的嘴唇，最后，一座圆顶的高岩给整张脸安上了一个倔强的下巴，它在山脊上躺了不知几万、几十万年了。每年老历五六月间，太阳总从这张脸旁边落下去，使这张脸发出一种金色的灵光，而它永远一声不吭，就这么躺着、躺着，仿佛在思索什么深奥的问题，又好像什么也没有想。”

“人面峰”是非常形象的，现在被叫成了一个很俗的名字：睡佛，沿山路专门修建了最佳观景拍摄处。

贺兰山的重大意义在于它是我国草原与荒漠的分界线，它终结了中国第四大沙漠——巴丹吉林沙漠对宁夏平原的吞噬，也缓和了西伯利亚寒流的侵袭，才缔造了宁夏平原“塞上江南”的美誉。没有贺兰山，宁夏平原早让沙漠吞没，因此贺兰山在宁夏被称为“父亲之山”。

上迭里口，或许大家陌生，但要说石炭井，大家该是知道的，是贺兰山腹地的煤城，国家“一五”时期布局建设的十大煤炭基地之一，享誉中外的优质“太西煤”产区。明代时，石炭井在蒙古语里为“上迭里口”，音译为产石炭的地方，百姓称为石炭沟，与阿拉善左旗毗邻。

石炭井人都熟络的“代开”却不是蒙古语，许多人以为是代开发票什么的。“代开”是石炭井比“石炭井”还早的一个地名。清朝初年，平罗知县在此开了煤窑，与阿拉善左旗王爷结了儿女亲家，就把煤窑作为陪嫁给了王爷。可王爷不擅开采煤炭，又拜托亲家平罗知县代其开采，于是石炭井就有了“代开”之名。1955年，煤炭工业部派出工作组到石炭井探矿，随后组建了代开煤田公司。代开粮站、代开商店、代开饭馆……一切都以代开为名，我们家常去代开粮站买粮。

需要说明的是这些历史知识都是子瑞教给我的。大学毕业后，他就深深地扎入贺兰山深处，拍摄起了贺兰山。

石炭井煤种齐全，尤其是“太西煤”以其“三低六高”（“三低”是：灰分、磷、硫特低，“六高”是：发热量高、比电阻率高、化学活性高、机械强度高、精煤回收率高、块煤率高）的特质被誉为“煤中之王”，是航空动力用煤，与世界著名的越南鸿基煤齐名，像名贵水果用纸包了卖，典型的“黑金子”，远销英国、法国、比利时、德国等国家。呃，对了，为什么叫了太西煤，是因石嘴山煤田位于我国“煤都”太原西部而得名。

20世纪50年代初，国家在西北地区建设包头、酒泉钢铁公司，石炭井被列为国家十大煤炭基地之一，专为包钢、酒钢开采煤炭。1958年，宁夏回族自治区成立，从各省区、各大型煤矿成建制调入的两万多名干部职工，参加石嘴山煤炭工业基地建设，石炭井人来自全国二十几个省，因此石嘴市的精神就是“五湖四海，自强不息”。

父亲正是1958年踏上了这块土地。

从开始填表起，我在籍贯一栏永远填着山东，因为父亲的籍贯一栏一直填着山东。事实上这并不准确。因为对籍贯没有明确定义，有些人填写的是自己的出生地，有些人填写的父辈的出生地、祖辈的出生地。我家说山东人有些勉强，但父亲身高一米九五，膀宽腰圆，却被人认为是典型的山东大汉。

按1958年的行政划分，我家籍贯填写宁夏应该更准确一些，当然填山西就更不会有问题，因为我家是明朝大移民中从山西迁徙到宁夏海原县的。这有家谱为证。

同治年间，世道大乱，我们一家人逃离了海原县。本是逃向祖籍山西而去，然而逃难的人就像风中落叶，哪能由着你想落在哪儿就落在哪儿，何况乱世。进入了河南境地，在人口稠密的中原河南，他乡之客的根很难扎下去，就一直漂泊着最终又举家回到西海固。然而，屁股还没坐热，一场“天大的灾难”又降临了。

奶奶口中的“天大的灾难”就是1920年12月16日发生的海原大地震。这是我国有记载以来震级最高、烈度最大、破坏力最为严重的大地震。据测算，海原大地震释放出的能量相当于1200颗原子弹，相当于11.2个唐山大地震，强烈震动持续十余分钟，当时全球均有震感……死亡23.4万人，伤者不计其数。海原县死亡人口高达59%，几十年后，随着调查研究的深入，死亡人数达到28.82万人。据当时的《陕甘地震记略》一文，大震后灾区人民“无衣、无食、无住，流离惨状，目不忍闻；苦人多依火炕取暖，衣被素薄，一日失所，复值严寒大风，忍冻忍饥，瑟瑟露宿，匍匐扶伤，哭声遍野，不特饿殍，亦将犟比僵毙，牲畜死亡散失，狼狗亦群出吃人”。

在海原的地名中，以姓氏人名命名的地方很多，如罗山、刘湾、高庄、李进岔、张全庄……而大地震后，有些居住地的人灭绝了，只剩下了地名。我们郭家川是一道川，地震中老疙瘩山与大经山挤到了一起，村庄埋没，人口全部灭绝，只剩下地名了。而我们这一门人之所以未遭绝门，是因为我的爷爷因抢了寡妇远走他乡。

爷爷弟兄八个，用奶奶的话说，家里穷得连一个囫囵碗都没有，而是在背墙上掏了坑，用胶泥和了猪毛糊过，饭熟了舀到里面爬一排人吃，三条裤子一家人谁出门谁穿。说起来我们家以前也还殷实，到了太爷这里，是个踢江山的货，既是轱辘子客（赌徒），也是大烟客，给败了个家徒四壁。爷爷老五，已过而立之年，三个哥哥还光棍着一双，大哥的媳妇还是用妹妹给换的亲，哪有他娶的媳妇。

那年山背后冯家铺出了个叫小菊的小寡妇。小菊16岁上嫁到冯家，给得了伤痨的男人冲喜，可那男人还是没活起来，小菊便成了小寡妇。爷爷早就盯上了，几次想抢，怕万一失手打草惊蛇，再就难以成事了。只能忍耐等到小寡妇守孝三年期满。

女子忠孝节烈，从一而终，话是人人说得起，事未必人人做得起。在现实生活中，也只是大户富贾人家为之，普通人家是承受不起留寡妇立贞节牌坊的。几十年的事哩，日子本就不易，怕出家丑，而长期寡居的人性格会大变，会出怪事，搅得全家不宁。然而寡妇是不能嫁的，寡妇再嫁那是非常辱没祖先的事，不要说是婆家、娘家颜面无光，就是寡妇本人也认为是非常丢人的事。抢寡妇却是天经地义的，一般都是由婆家或娘家物色好来抢的人家，通过“抢”的形式把寡妇嫁出去。俗语说皇上也有几个穷亲戚，多数时候抢者都是婆家或娘家沾亲带故的穷亲戚，能抢个寡妇总比打光棍要好，因此这个“抢”字是要打上引号的。两亲家处得好（多数亲家都有亲戚关系，讲究来回亲戚），就让娘家接寡妇回去，不是让娘家养寡妇，嫁出去的女儿泼出去的水，娘家更是不能养寡妇的，而是让娘家寻个人家让抢。相比之下，寡妇从娘家被人抢走比在婆家让人抢走脸上有光彩。贫寒人家当然会收取一定的彩礼，寡妇被抢得有情有义。抢寡妇者物色好后，双方把抢亲的日子、地点、方式谋划好，周密安排，里应外合，公婆当然要组织一帮人在抢寡妇中佯装打骂阻挠。“抢”寡妇不是什么光明正大的事，因此一般是在天黑进行。因为寡妇是人人可抢的，只要抢到手，就是合法的。因此抢寡妇的事要极其保密，避免有人浑水摸鱼。毕竟娶不起女人打光棍的人多，出一个寡妇四邻八舍的光棍可都盯着，口风把得不严，让人探走了时间，就会有人横刀夺爱，谁抢去就是谁的，因此寡妇被抢常会出意外，引发冲突，甚至发生命案。

小菊守孝三年满，婆婆说，娃，再走一步吧，日子长拖拖的，一生人哩。婆婆这样大度，一是奶奶与公婆处得好，二是婆婆的妹妹家境贫寒，四个儿两双光棍。于是私下定下了抢亲的日子、地点。要说两家是室内亲戚，非常隐秘的，可爷爷还是知道了准确的时间、地点。这是因为寡妇被抢之前，要做一些安抚死者的功课，这就要请阴阳做道场，念经安顿死鬼男人，以征得亡人的同意，然后才能被人抢，否则对抢者不利，百年（死了）后到阴曹地府，还得摊官司，官司败了，还得受分割之刑。

爷爷人活得好，朋友多，这阴阳班子里锣鼓师父是爷爷的磕头兄弟，而小菊的小叔子跟爷爷投脾气，是可以换命的兄弟。家里定了抢的时间，他就来对爷爷说，我姨兄那一家懒货，穷嘴饿舌，把亲戚都吃遍了，我那姨兄最不是个东西，懒得屎淌，话还大得很，你去抢噻，我嫂子那人难得，我都想抢哩。时间是明儿一到戌时，你从那货家路而来，一过梁顶我家人就看到了，我嫂子会背个背篼去大门外麦场上背草，你抢了就走，我会带人去追，你让你家人在岔路口接应，你向北直走，你哥骑匹骡子往东飞跑。抢上了远走他乡，过个一两年回来，谁还能把你咋样？爷爷说谢谢。爷爷去了脚户主儿家，支取了一点脚钱，又拉了大骡子，说是溜溜骡子，顺便捎带赶集，给家里买点东西，就出脚。爷爷一直跑脚，已是脚户头儿。

一入戌时，天刚黑，爷爷出现在奶奶婆家对面的梁顶。奶奶的婆婆看一眼香，心里说这娃娃猴急猴急的，天还没黑透哩。可也不能阻拦，便让奶奶背了背篼去大门外麦场上背草，这时爷爷已经潜伏在麦垛后面。奶奶到了草垛边，爷爷抱了奶奶上了骡子，抽了骡子一鞭，便奔腾过了山冈。那婆婆心安了，便点了一锅子烟，抽完，大呼小叫地呼叫人让抢了，让小儿子带人去追。这都是预设好的。小儿子才带人出门，姨兄骑着骡子来了，婆婆大叫着，小儿子和姨侄一起去追，被二爷带进驴脑子沟跑了一个晚上。

奶奶被爷爷抱在怀中，骑在骡背上一口气跑出几十里地，奶奶觉得不对劲，不是说十几里地么，咋跑了这么长时间，又害羞不敢说。等到爷爷停下骡子，张口介绍自己，才发现抢她的是谁。奶奶能有啥办法，爷爷她也知道。他们歇缓一阵，不敢逗留，只能连夜远遁他乡。

就在爷爷带着奶奶远遁他乡几个月后，海原大地震了，爷爷只听到了消息，可不知道啥情况，不敢贸然回家探望，一直到来年春上，爷爷偷偷回过一次。让他没想到的是，地震如此惨烈，大地一片狼藉，十村九空，十分之七的人死了，活着的人都逃难去了。许多家族都绝户了。我们郭家川被山埋了，爷爷连家都找不到了。爷爷在记忆中祖坟的所在山梁，堆起了一个老大的坟冢。

大地震后，又逢旱年，折腾几年，接着又是民国十八年大年馑。度过了年馑，爷爷回到老家，老家已是罂粟世界，最平整的土地全种了大烟。范长江在《中国的西北角》这样描述："中央军胡宗南、关麟征等数十万大兵屯集陕甘宁边境，宁夏此时成了这部分中央军的后方。宁夏的土地，半种鸦片，粮食无多，而大户屯聚之风素盛，此时更居奇操纵，粮价飞涨至二三倍以上——一般人生活，更不堪设想……"爷爷从太爷那里得出教训，在这里住下去，必将家破人亡，家谱祖训中写得明白，禁绝赌毒烟毒，凡有犯者死后进不了祖坟。一家人没有扎站，又返回河南。1942年河南大饥荒，爷爷带着一家人打算闯关东，可是路上遇到从关东往回逃的人，说日本人成立了伪满洲国，日子很不好活。闯关东是闯不了，就在山东落了户。

1944年，中央军在我们大水村附近跟日本人打了一仗，打死十几个日本人。中央军走后，日本人报复，炮轰村庄，大片屋舍被炸平烧光，爷爷、二伯被炸死了，大伯失去了双腿，四叔双眼瞎了。鬼子进了村，要村里人一比三赔命，让村长往出指人。村长不指，被鬼子开膛破肚。鬼子杀了村里四十多口人，五叔也被挑了。鬼子兽性大发，奸淫妇女。三姑那年十三岁，被鬼子轮奸后疯了，一辈子没有生育。房子全烧完了，只能挖窑住。日本人被赶走，奶奶又招过一个后爷，生了两女两男，后爷又去世了。

父亲八岁开始拉长工，因为个头高，十二岁上就开始给人跑脚。可世道乱了，到处是土匪，部队也抢，跑脚不行了，十四岁就开始给人顶兵，当了兵就伺机逃跑，再替人顶兵，挣军饷养家糊口。1947 年，父亲顶兵，还没来得及逃脱，就直接上了战场，训练都没有训练，连枪都不会打。跟解放军打仗，打不过就逃，后来团长带着大家投了解放军，参加过辽沈战役、淮海战役、平津战役、渡江战役，之后又参加了剿匪和抗美援朝。

抗美援朝战争结束后，父亲从部队转业回到了家乡，在乡上做了一名干部。然而，父亲待得不安心，倒不是因为工作不顺心，而是一家人老弱病残，家里日子实在难过，一半人口靠乞讨为生。

1958 年大跃进，工农业都跃进，政府号召支援老少边穷地区建设，动员去云南，父亲决定去云南。战友负责报名，大瞪着眼睛说你干部身份不要了？出去就是工人了。父亲说家里残的残，老的老，无路走了，去云南是修路开矿，能挣钱。战友叹息着说云南湿热多雨，瘟疫盛行，咱们这里人去了不好过，离家也太远，再等等，我听说宁夏也招人哩。父亲说真的？战友说有这说法，宁夏不是要成立回族自治区么，只是还没见文件，宁夏相对近点，宣传上说是塞上江南。父亲心想宁夏要招人，那就等于回老家，这可是爷爷的心愿。爷爷早就留下遗言，他死了一定送他回去给太爷暖脚，就是埋在太爷脚下，让人看到郭家没有死绝，后继有人。几个月后，宁夏果然招人，招煤矿工人，父亲说有缘分，迟早会兑现。

父亲所说的缘分，是刚解放的宁夏西吉、海原、固原等地土匪多达八九十股，数千人之多，到处流窜，烧杀抢掠，在不到一年时间发生重大抢劫事件近百起。父亲他们部队准备开赴宁夏剿匪，父亲说团长都已传达了形势，还用了“驾长车，踏破贺兰山缺”的诗句，可还没开往宁夏剿匪，抗美援朝战争爆发，他们开赶朝鲜战场。

父亲是坐着嘎斯大卡车进石炭井的。当时到石炭井根本没有公路，而是沿着沙河沟行进。大卡车颠簸得像跳舞扭秧歌，几乎要颠翻了，掀起的尘带就像彗星拖着的大尾巴。茫茫的山坡沟谷，几乎看不到植物，沙土浅白深褐相间，整个世界灰沓沓的，接近黄昏的光线微黯，风有些浩荡，四周裸露的山岩放射出青铜的冷光。

石炭井四周皆为山。尖山，石炭井人称庙山（传说从前山顶上曾经有座庙宇）、大北山（因其位于石炭井城区北方），又因位于内蒙古阿左旗宗别立镇，蒙古语音巴音乌拉。西边为陶斯山（俗称大西山），东边为塔什克梁（俗称东山），不仅是石炭井区，也是石嘴山市辖区最高峰。西南边为白石尖（俗称骆驼峰），东南边为俄博圪垯。

石炭井多沟，大磴沟、白芨沟、汝箕沟、偷牛沟、白胡子沟、草渠沟……《嘉靖宁夏新志》说：“溪径可驰入者五十余处。”沟历来是重要的交通要道，更是军事关隘，清《定远营记》碑刻则载：贺兰山有“七十二之要隘”。在史籍和古代兵防阵图上记载标绘一律称作口，《秦边纪》说："口巨者三十有七，小者复一十有奇。"典籍记载有宁静口、镇北口、韭菜口、上迭里口、滚钟口、苏峪口、拜寺口、三关口、崇庆口、小关儿口、归德口、大风口、句驿墩口、杀虎墩口等三四十个较大的山口。石嘴山市府所在地就叫大武口，属于贺兰山一个沟口，明代称"打硙口"，意为"打凿石磨的山口"，其地理位置重要，古人有"求久安之计，须选修打硙口"之说。1943年，民国宁夏省建设厅厅长李翰园至此，看到"打硙口学堂"，认为名称不雅，遂改名为大武口，意为武士们在这里打过仗。民间戏说大捂口，倒也贴切。沟是风道，口即风口，一刮风尘沙飞扬，不捂口吃沙子呀。讲个真事，公成当兵回来给领导开车，一次，路上遇到大风，领导尿憋，下车尿尿，公成伏在方向盘上抽烟，黄风土雾，啥都看不见，只听得风打到车身上就像人用巴掌在拍。公成听得车门嘭的一声，开了车就走，跑出了几十里，才发现领导没上车。原来是风把门关上了。公成从此没车开了。

父亲说那时的天空是生动的，随时都能见到胡兀鹫、秃鹫、金雕、隼、鸽子、蓝马鸡、锦鸡、黑耳鸢、煤山雀、褐头山雀、凤头雀莺、大嘴乌鸦、大山雀、长尾山雀、岩鸽、白眉朱雀、黑头、红尾鸲、苍头燕雀、戈氏岩鹀、棕眉山岩鹀……这些名称都是父亲后来知道的。刚开始煤矿和私人小煤窑差不多，甚至更原始，煤都是挖出来或背或推，歇缓的时候他们就躺在煤堆上。周围的山坡梁峁上就落着鸟，他们就辨认这些鸟，有一个曾经学自然科学，解放战争中断了学业的，认得好多鸟。

戈壁荒野也是富有的，有野猪、马鹿、獐、岩羊、盘羊、青羊、黄羊、石貂……它们奔腾跳跃，掀起一缕缕土浪。狼和豹子也有。一群马鹿与嘎斯并行赛跑，司机被挑逗起比一比的欲望，可路太不给力了，嘎斯还真的跑不过马鹿。

车厢连篷布都没有，下车大家都成了土行孙。父亲尿急，揉着雾蒙蒙的眼睛走向一块大岩石撒尿。父亲撒着尿环顾四周，除了就像是戈壁上天然形成的土崖般的几间土坯房，再就是荒漠、戈壁、沟壑。当时石炭井完全处于蛮荒状态，只有放羊、打猎者才涉足。即使是两年后石嘴山市成立，市府所在地大武口也不过是一个只有200多户人家不足3000人口的戈壁小镇……

父亲撒着尿，一抬头吓了一大跳，大岩石顶上蹲着一只老鹰，几乎与岩石同一色彩。老鹰一双犀利的大眼睛盯着父亲，似乎随时要扑啄他，父亲攥起了拳头，这时炮声大作，老鹰展翅高飞，那展开的翅膀足有三四米。

欢迎的炮声惊动了四野草丛里、灌木中潜隐的鸟兽，山野、天空一片繁乱。

两排红色旗帜插出一条小路，一百多人夹道，锣鼓喧天。大红横幅上的标语是最醒目的：

“我们都是来自五湖四海，为着一个共同的革命目标，走到一起来了！”

“热烈庆祝宁夏回族自治区成立！”

小路两旁一排排石头上摆放的洗脸盆里盛满了清水，清水中泡着毛巾。父亲洗脸时连头也洗了，一路扬了一头的沙土，头都绣成毡片子了。一脸盆水洗得黄澄澄的，脸盆底子落了一层沙子，就像是从沙沟里冒出来的。

认识的不认识的抓了手就握，口音繁杂。二十世纪八十年代的人口普查显示，石炭井有山东、河南、安徽、河北、江苏、天津、吉林、上海、黑龙江、辽宁等二十多个省的人，因此有句话：石炭井有全国人。

忽然，一汉子在人群中跳着大喊：

“大个子——大个子——大个子——大个子——”

父亲顺着声音找寻，高叫：

“老班长——老班长——老班长——老班长——”

一个山东一个安徽的两条汉子，你捣我一拳我捣你一拳，紧紧拥抱在一起。真是人生何处不相逢，他们从淮海战役、渡江战役打到抗美援朝，后各自转业回乡，哪能想到又都支援宁夏建设来了。

父亲他们的第一件活计不是下井挖煤，而是挖地窝子。

石炭井虽然在贺兰山深处，却木材奇缺。贺兰山除了两千米以上有点原始森林，绝大部分山体裸露，山石突出，仿佛青铜铸就，没法盖房子，就只好住“地窝子”。地窝子也叫地坑窑、天井窑、地阴坑，可以说是世界上最简易的住所。选取山坡开门挖坑，坑上担檩条，坑四周竖扎芨芨为墙，顶上覆盖芨芨，再上一层厚厚的泥巴，抹得薄了风会揭走窑顶。山谷即风道，山口即风口，石炭井原本叫石炭沟，那是风的走廊，风可是了得，刮得石头都起皮裂口，车轮大的蒿草被风活活拔起，在山野就像孩子滚着玩。

当时有一个很流行的笑话，说有一石炭井领导到外地开会，介绍到他是宁夏石炭井人时，坐在旁边的人说石炭井老有名气了，听说你们那地方老是刮风，一年要刮好多场风。这位领导说不多，不多，一年就刮一场风。那人呃了一声说那还说风多。这领导说一年一场风，从春刮到冬。

地坑窑并不高出地面多少，而且平缓，这样风就得不上劲，太高了就成了风攻击的目标，几场风就会揭了泥皮，窑顶又与戈壁一色，走路时不留神，会踩个窟窿掉到人家“屋里”去。

挖地窝子，父亲是工程师。从小逃难流浪，后来又做脚户跑脚，挖类似地窝子的住处是他经常性的活计。在抗美援朝战场上，父亲还挖过猫耳洞。地窝子高低大小随地形建造，虽然简陋憋屈，像个避难所，却也有优点，冬暖夏凉。

端碗一张嘴饭没喂进去，沙子先灌了半嘴。

到石炭井第一个晚上，早晨起来地窝子的门让沙子壅住推不开，是外面专门寻户的人把门掏开的。父亲连枕头都没有，以石为枕，早晨起来硌得脖颈和后脑勺疼得像挨了棒一样。父亲拔了芨芨编了几个枕头。一年多后，才搬入石头垒砌成的拱桥般的低矮窑房。

当时采煤还处于原初状态，矿工使用的工具是钢钎、洋镐、铁锨，煤由人或背或推上井来，凭借两台240千瓦的锅炉机提供简单的照明和小水泵用电，还时断时续。许多矿工来自乡下，还没有见过电灯，企图把电灯吹灭。直到一年后，风钻、小绞车、发电机、卷扬机等设备才陆续投入了生产中。因为公路不畅，铁路还没通，这些设备都是通过黄河运来的。1961年，从石嘴山到石炭井的输电线路架通。

第一批到石炭井的，有些人唉声叹气地回了。

短短几年间石炭井就崛起了，一矿、二矿、三矿、四矿、乌兰矿、大峰矿、汝箕沟矿、白芨沟矿……大型煤矿一个接一个，形成了百里矿区，机修厂、洗煤厂、工程处、农场等辅助单位，遍地开花。一些回去的人又来了，这时候的煤矿已经不好进了。1964 年，按照“三线建设”部署，石嘴山安排了一批列入“大三线”建设范围的重点建设项目，贺兰山下出现了由北京有色金属研究总院 435 室、436 室、215 室合并迁建于大武口的宁夏有色金属冶炼厂，辽宁瓦房店轴承厂迁入平罗大水沟后成立的西北轴承厂，以及宁夏煤炭基本建设公司、西北煤矿机械总厂（包括煤机一厂、煤机二厂、煤机三厂）、大武口洗煤厂等一批大中型企业。这些骨干企业极大地改善了石嘴山乃至宁夏的工业布局和产业结构。石嘴山成了名载史册的三线之城。

至二十世纪八十年代鼎盛时期，石炭井人口达到了十三四万。

第六章

许多人爱用一见钟情形容自己的爱情，可听来却不然，倒像是以貌取人。

不过我的父亲和母亲可以说是一见钟情。

石炭井开发之初，矿工的婚姻真成了大事，然而矿上主要是体力劳动者，女性少之又少，而石炭井原住民极少，因此有“煤黑子，能挣钱，娶媳妇，当过年”的说法，基本上都走在老家娶了老婆带到矿区这条路，矿工也把老家的姐妹带到矿上，嫁矿工以改变命运。当然几年后，石炭井矿开金流，成了盲流聚集地，女盲流尤其多，目的明确，就是嫁个矿工。这就形成了矿工家庭一工多农的模式，一人上班，全家吃饭。

父亲的婚姻大事迫在眉睫，除了父亲已奔而立之年，还牵扯到传宗接代，这是后话。1961 年的一天，父亲从澡堂里出来，被郑喜强叫住，让父亲去车站替他接个人。父亲说你去接，我替你上班。郑喜强说不行，我那活你不熟络。父亲说只要是活，就跟我熟络，没有我干不了的。郑喜强说年半年半，正争分夺秒拿成绩哩，出个事担负不起。父亲说嫂子长得啥样，穿啥衣服。郑喜强说嫂子？你咋知道是嫂子？父亲说不是嫂子还能有谁？结了婚的不都一个个来探亲吗？郑喜强说我还没结婚，你哪来的嫂子。父亲说你没结婚？听听你说的那些话，没结婚能说得出来？郑喜强咯咯咯一笑，说我给你们过耳瘾哩，晚上跑马（梦遗）了吧。父亲说我是你那没出息的，天天洗裤头。郑喜强说是我妹妹，快去，刚刚从汽车站打来电话。父亲说你妹妹？长得像你？郑喜强说像我，黑皮肥脸，咆牛一样，嫁给你你要？父亲走的时候，郑喜强说是我弟弟。父亲笑笑说叫啥名？郑喜强说喜梅，郑喜梅。父亲说你弟弟咋叫了个女人名字？郑喜强说娘生的儿子多，想生个女儿，就给起了个女娃名字。父亲说得写个纸牌牌撖上。郑喜强说你会写？你麻烦不，一车没多少人，去了你一眼就认出来咧。郑喜强掏出两块钱递给父亲，让领到馆子里吃上一顿。父亲在郑喜强头顶拍了一掌说，我请得起。父亲走出几步，郑喜强说认不出来你就叫，名字叫郑喜梅。

父亲到了汽车站，并不像舅舅说的车站没多少个人，人太多了，因为那是 1961 年，三年经济困难时期，到石炭井投亲靠友的逃荒人多。看着来来往往熙熙攘攘的人流，父亲看到一个女子站在那里东张西望，就径直走过去，两人就那么痴痴看着。

后来说起见第一面，母亲说怪得很，就是觉得很熟，就像见过好多面了，只是一时懵住了想不起来。雪梅婶说那你们前世肯定有恩，恩人转夫妻，仇人转兄弟。我倒觉得应该说那是真正的一见钟情。

直到一个人扛着铺盖卷儿撞了母亲一下，母亲才从呆痴中醒过神来，红着脸咳嗽了几声。父亲也醒过神来，挠挠头说你是郑喜梅同志吧？母亲点着头说是。父亲说我是郑喜强同志的好朋友。母亲说你叫啥？父亲说郑喜梅同志，我叫郭成。父亲去接母亲肩上的包裹，母亲说不重，我能背得动。父亲说郑喜梅同志，我是专门来接你的，该我背。母亲咯咯咯一笑说你别同志同志的……我没参加过革命。

后来母亲老拿这事儿开父亲的玩笑，说一口一个同志的，我当你是干部。父亲说革命战争过来的人，都叫同志，叫惯了。又说我觉得同志是个很好的词，叫一声同志，你多大的气都发不出来。

郑喜强后来成了我的舅舅，说起这件事，他说："我是有意让你爸去接你娘，给两人创造机会，我看上你爸了，我要是个女人，非你爸不嫁。"

有舅舅的撮合，父亲和母亲很快就进入了恋爱状态。舅舅给父亲顶班，让父亲陪母亲，培养感情。

一晃十来天了，父亲急不可待，买了一大包东西去找舅舅。舅舅说："你提这么多东西干啥？咱们之间还花这钱，喝两杯的事。"

父亲说："不是给你提的，给家人准备的，咱们请假回去一趟，该向老人提亲了。"

舅舅嘿嘿笑着说："看把你急的，这时间请假满勤就没了，全勤奖也没了，眼睁睁吃这亏。"

父亲说："我怕迟了，老人做了主就麻烦了。"

舅舅说："别担心，娘正在来石炭井的路上。"

父亲说："那咋没跟喜梅一起来？"

舅舅说："哎呀，说来话长。"

外婆是和母亲一起出门，一路乞讨而来。三年经济困难时期在家里待了第一年，第二年困难不仅没有减轻，反而加重了，在村里守下去只有死路一条，一家人就全出了门，分成几路，外婆和母亲一路向着宁夏方向乞讨，正好来看看儿子，儿子耽误得年纪有些大了，该娶媳妇了。外婆和女儿一路乞讨，就是想着给儿子换亲。乞讨路上，外婆结识了一个姊妹，也正想着为儿子换亲，两人一拍即合，连双方的生辰八字都对过，大体上合婚，这一路走来，已成准亲家了。这老姊妹在宁夏有亲戚，邀外婆和母亲去亲戚家。外婆觉得这中间牵扯着儿女婚事，长辈口里的话就会不实的，如果娃有啥问题，到时候就不好脱身了，再说，现在日子都过得不容易，换亲的事还没有坐实，去人家亲戚家一下去两个人不好。于是外婆就让母亲先到矿上找舅舅，她随后赶来。进入宁夏，逃难就有了目标，都奔矿上而去。

这姊妹亲戚在宁夏平原黄河灌区，是 1942 年大灾荒整村迁移来的。姊妹亲戚多年不走动，见了就格外亲，家家户户请着吃饭，这姊妹又真心挽留，说已捎话了，儿子带妹妹正往来赶哩。外婆本想早早离开，虽有黄河水灌溉，不存在受旱问题，可人均土地少，土地盐碱厉害，日子也过得紧张，不过想见见那兄妹俩，就晃荡过去十来天，而母亲和父亲的爱情已经如火如荼。

外婆走近石炭井，越走心里越荒凉，踏入石炭井地盘心里已洼凉洼凉的，这是啥烂地方，她竟然一路上让风打得栽了几个跟头。到了石炭井进屋才坐下，身上的汗水都没干，又来一场沙尘暴，世界就像末日了，白天紧紧闭着门，人面对面都看不清，在屋子里沙尘都呛得人时不时咳嗽。长风发出呜呼呜呼的呼啸声，拍打门户的嘭嘭嘭持续而恒久。

那时候还没通电，用的是马灯，灯头乱摇摆着，墙上的影子也左右摇晃着。沙尘暴直肆虐了一夜里。即使是夏天，石炭井的夜晚也冷凉。外婆披着衣服围着被子在炕上坐了一夜，一眼没眨，好不容易熬到窗纸泛白，想出去透口气，沙子把门壅死了。

早晨吃过饭，外婆撇着嘴"啾"了一声，说这烂杆地方，在信里一句不提，只说好的好的。舅舅说地方咋咧，有钱挣还不是好地方，遍地是煤，多少人往来跑哩。外婆耷拉着眼皮不说话。

几天过去，外婆说要回去了，舅舅就把母亲有了意中人的事告诉了外婆，外婆却一口拒绝了。舅舅找了个借口，把外婆带出去，偷偷指着父亲让外婆看。舅舅说连这人你都看不上？外婆说个头大，长得不穷气，有力气，干活不惜力……舅舅说那你还要咋，嫌他家穷？外婆说谁家富？老娘是嫌贫爱富的人？舅舅说那是为啥？外婆说是没看上这个地方，老家再不行，草比这地方长得厚长得高。舅舅说这里有煤，有钱，老家有啥？外婆说再有煤也不好，风沙能把人埋了。舅舅说那你偏心呀，就忍心让我在这里待着，儿子多了就不值钱啊。外婆说你是男儿，男儿志在四方，这地方有钱挣，你苦上几年，扒份光阴再回来，老家给你留着地方哩，最终还是要回老家的。舅舅说我老了不回去，我喜欢这地方……外婆打断舅舅的话说，给你实说吧，你妹妹给你换媳妇……舅舅说你想犯事，新社会不许这样干……外婆说村子上照样这么干，去年一年六个媳妇。舅舅说媳妇我自己能娶，我不让你用妹妹给我换媳妇。外婆说儿子欠爸娘一口棺材，爸娘欠儿子一个媳妇，给你娶了媳妇，娘就是归天了心也安了。舅舅嘻嘻一笑说，我年底就娶媳妇，明年就给你生个孙子，这心不用你操，我放过你了。外婆说我才懒得听你卖嘴哩，兔子都不拉屎的地方，谁没长眼睛嫁给你？！

外婆生了三个儿才生下一个母亲，一家人就有些娇惯，因此母亲是有些任性的。母亲说我们俩给我哥挣媳妇钱。外婆说你们俩，你跟谁？母亲说他。外婆说没羞没羞，嫁给老周，老周不要，气得上吊。外婆竟然笑着念起童谣，可见平时母女耍得开心。母亲说我看上人了。舅舅说我也看上人了。母亲说他在外面，让他进来你再看看。外婆说我不看。外婆拉被子蒙头而睡。母亲说你蒙被子做啥？怕看上他了。外婆说我早看过了，可看上了能吃能喝？这一路走来，你没长眼睛，世上最可怜的地方就是这里了，你要嫁他，除非把我埋在这里。母亲说嫁我呢，还是嫁你呢，把你埋在这里。舅舅说既然你要用喜梅给我换媳妇，那妹妹就属于我了，我说了算。外婆喊一声说，你想说了算，给我把孙子生下了，你再说了算。

外爷走得早，外婆主事久了，有了男人的强势独断和雷厉风行。舅舅和母亲知道拗不过，只能感叹没有缘分。然而，缘分还是来了。外婆老姊妹带着那一儿一女来了，见了面外婆心里一下子凉了半截，那儿太矬了，头顶能搭到母亲肩头，一双罗圈腿，女儿竟一只眼，一只眼睛让树枝扫瞎了。舅舅和母亲两个一连几天不和外婆说话。

外婆要回了，第二日的班车票都买了，那时候的班车少，票是提前买的。母亲说认下几个姐妹要告个别，其实是想和父亲再见见。父亲倒班，带着母亲去了“呼鲁斯太”。

“呼鲁斯太”为蒙古语音译，意思是“长满芦苇的地方”。其实石炭井长得最茂盛的是芨芨草，一人多高，到了秋天，芨芨穗飞白，逐风翻滚，大地一片银白。他们在芨芨丛中浪来浪去。白露前后，黄鼠是肉。正值白露时节，黄鼠攒膘过冬，个个肥嘟嘟的，站起来，“吱吱吱”欢叫着。父亲一阵就挖了五只黄鼠，两个烧着吃。父亲随身带着的包里有调料和葱蒜盐姜。那时间石炭井人进山，都带着烧烤的调料，准备随时烧烤。秋老虎真凶，父亲拔芨芨搭了草屋。父亲说，也不能怨你娘，来石炭井的路上，看到山和沟赤裸裸的，进入石炭井，几乎看不到草，更别说树了，荒凉得好不失望。我每次看到沟谷山坡上飞白的芨芨，像云落到了地上，一下子心里踏实了。这地方就是不挖煤，有芨芨，人就活得了，饿不死。我就爱上了这个地方，一起来的人跑了不少，我不跑。

他们又爬了狼山，直到天黑尽了，母亲还不想回家，哪里想到一只狼正悄悄潜近他们。那时候贺兰山中狼很多，白日里经常看到狼群，发生过狼吃人的事。狼山后面的峡谷就叫狼谷，山道就叫狼道。狼喜欢独行，也群聚，一狼立于山头啸嗥，周围山头都有狼的回应。母亲大喝一声，狼！父亲嘿嘿笑着说我是长大的不是吓大的，狼有啥怕的，我巴不得来只狼哩，我扒它的皮，咱们的亲事成不成，都给娘做褥子哩。母亲大叫着说狼真的来了。父亲一扭头，狼已张着大口扑来，一双眼睛里绿幽幽的光都看得分明。

父亲跑脚有经验，狼、豹扑来，你得让它们咬住一件东西，才不至于被一口咬住你的喉咙。父亲伸去左胳膊让狼一口咬住，抡着右拳狂砸狼的脑袋。父亲的拳头有碗大，一拳能砸断两块砖，狼脑袋哪里经得起他砸，父亲几拳将狼脑袋砸得脑浆迸裂。父亲一只脚踩着狼的下骸，右手掰上骸，将被咬得稀烂的左胳膊从狼嘴里抽了出来。可父亲兴奋地说，天意哩，我觉得娘会答应我们的婚事。母亲说待我把脖子抓烂，就说你从狼口里救下的。父亲说也是。母亲抬手就抓，父亲一把拉住说你咋那么傻，等到进门前抓，这阵抓了不得多疼一阵。娘在进门前一把就将自己的脖子抠了几道血印。外婆看看扛着狼的父亲，又盯着母亲，母亲说路上遇上狼，他救了我。

舅舅要带父亲去卫生站，父亲说没伤到筋骨，去卫生站做啥。父亲弄了酒点着在伤口上抹了抹，用纱布包裹了，连夜剥了狼皮，在地上扒好。后来找肖皮匠熟了狼皮，给外婆做了褥子，外婆一直铺到去世。据外婆说睡了狼皮后，腰再没疼过。

第二日父亲的伤口就发炎了，发起了高烧，胳膊肿得椽子粗，都不认识人了。舅舅和石头叔换着背父亲到了卫生站，母亲要去伺候父亲，外婆不让去，自己却去伺候父亲了。母亲说那次父亲很危险的，一直看了半月。父亲的胳膊好利索了，外婆长叹一声对母亲说："狼做的媒，嫁去吧，不用再看日子，就十一吧，节日就是吉日。"

父亲和舅舅一听"十一"傻了眼，"十一"还有几天就到了，自建房还正在筹备。

那时候矿工都住职工宿舍，一间宿舍住四个人，双职工分到一间也还要排队，单职工结婚住房只能自个解决。荒山野地宽阔，矿工就用石头筑基黄土坯砌墙，以向日葵秆、芨芨草覆顶，建起低矮简陋的房屋，被称为自建房。政府部门考虑到当时的实际，也是睁一眼闭一眼。

自建房哪来得及，怕外婆一听连房子都没有，不同意婚事，再要挽回就难了，父亲就跟外婆说："待过年时我到老家认门，正式提亲。"

外婆说："有我在哩，还不正式？啰唆不，赶紧把事办了，我还回家过年哩。"

舅舅说：“咋也得正式点，规矩得走一走。”

外婆嘿嘿一笑说：“啥话就直说么，藏藏捏捏的，是没房子吧？”

舅舅说：“房子还没批下来，正……”

外婆呸了舅舅一口说：“房子还没批下来，当我是瓜子？两人都是城市户才能分上房子，他们只能自己盖房子。”

舅舅搓着手，嘿嘿笑着说：“一个乡下老婆子，才来几天，还知道得多得很。”

外婆说：“老娘知道得不多，能把你们一群抓养大？”

舅舅说：“自建房建起来快，已经看好地方了，我们几个都准备建哩，一起干建起来快着哩。”

外婆说：“建一回房要住一辈子的，日急慌忙的能建个啥，眼望天气冷了，冻了的泥巴不结实，明年开春天暖和了慢慢建去，想周全点，快去找房子，赶紧办婚事。”

舅舅说：“那我年底结婚哩，你就不能等等。”

外婆说：“难得有个好天气，你再吹，黄风土雾的，天眼看冷了，路上就不好走了。”

舅舅说：“你就住这儿过个年，我们打点肉给你解解馋，好好孝敬你哩。”

外婆长吁一口气说：“家不管了？你早早娶媳妇就等于尽孝了，别耍贫嘴了，快去找间房子先把婚事办了。”

十一，父亲和母亲在矿上临时借了一间职工宿舍结了婚。

开春，父亲就开始建自建房了。

有人说：“有房子了，你还建啥自建房。”

父亲说：“那是借的，要还的。”

人说：“房子是矿上的，你是矿上的职工，还啥，谁占了就是谁的。”

父亲说：“让人家又催又说好吗？让具体办事的人为难？”

人说：“你咋那么傻，多少人借了矿上的东西，谁还过。”

父亲说：“别人是别人，我不想那样，让人家三天两头催逼，烦不烦。”

自建房都是依山势选取半坡建造，坡根会遭山洪灾害，坡顶则遭狂风侵卷，围绕房屋圈出一个阔绰的园子。对于一工多农的家庭，园子是生活的保障基础。一是种蔬菜，一是搞养殖。矿区自建房当时已形成稀稀拉拉的几处村落，父亲不想在那几个村落里建房。已形成的村落平坦之地已让先建者圈走，剩下的地方狭窄且不平坦，父亲认为风水也不好，父亲和舅舅、老班长叔就想开辟一个新村落。舅舅和老班长叔看出自己的前途迟早也得自建房，还不如早早就建房。

马叔的父亲是个阴阳，会看风水，马叔耳濡目染的也会一点儿，常给人看风水。他指着小湾说这里依山傍水，风水绝好。其实山是确实大，水却是瘦水，一条断断续续的小溪。于是父亲他们就开始在小湾建房了。

他们几年间都把三分之二的收入寄回了老家，精打细算也只有先建两间土坯房的财力。事实上也就买了大梁和椽子、门窗，从芨芨谷割芨芨回来，茎秆编草帘，皮与梢子铡成寸节，和进泥中，脱成土坯。土坯房都建得低矮狭小，是因为石炭井的北风洪水猛兽般，建得太高会让风拦腰刮断，窗框不敢开得太大，风会吹裂玻璃，吹散窗框。不过，荒山野地开阔，每户都能圈出很阔绰的院子和园子。坡下有条小溪流过，挑水浇灌方便。

建房时，父亲的徒弟李福中始终都像给自己建房一样出力。

父亲说："你也建套房吧，以后找了城镇户口不住，也可以卖呀。"

李福中说："师父，我过两年再建吧。"

父亲说："过两年再建，那就得重敲锣儿再开张，现在这啥都方便，人也凑手，赶紧建。"

李福中叔说："我听师父的。"

父亲说："师父师父，咱们年一年二的，再说就是个挖煤，跟着下苦的事，有啥技术含量，你还叫啥师父，咱们就是弟兄。"

李福中说："师父，都是挖煤下苦，可不一样哩，谁说没技术含量，顺茬、逆茬不是你发明创造的？你一天干几个人的活，一窍不得，少挣几百，我比他们挖的煤多，拿的也多。"

父亲笑笑说："你叫我师父也行，让孩子叫你叔，叫桂花婶。"

福中说："那咋行，一日为师，终身为父。"

李福中也建了一套房，也圈出了一个很阔绰的院子和园子。

那时候石炭井进入发展最快时期，几年间小湾由四户人家发展到了四十多户，汇集了十几个省的人。

有了房子，就可以成家了。石炭井成了盲流的天堂，男女比例有了很大的改善。有了自建房，对象陆续就都有了。

最先有对象的是舅舅。舅母来自山西，有两根大粗辫子，放开就像婚纱拖地。舅母非常喜欢自己的大辫子，留了多少年了，可是这地方灰尘大，太容易脏了，洗起来不方便，又缺水，一脏就生虱子。舅母决定剪成江姐、刘胡兰那样的剪发头。

舅舅正是在这关键时刻及时出现在舅母面前。

一间新搭建的土坯房摆了两把凳子就成了理发店。

客人倒不少，以至队排在了门外。

舅舅也去理发，不过他不是在这个理发店理发，矿工有专门理发的，不花钱。

经过理发店时，舅舅看看大辫子，大辫子不知想啥，没看他。

舅舅本来已走过去了，又回头看了看，这次大辫子正好也看着他。舅舅嘿嘿一笑说："大辫子真俊，几年才能长这么长？"

舅母说："从记事时起就没剪过。"

舅舅说："你啥时记事的？"

舅母说："三岁记老。"

舅舅说："吹牛，我七八岁都不记事。"

舅母说："你属猪吧？"

舅舅嘿嘿一笑说："哎，这么好的一头长发剪了真可惜，特别喜欢看你梳头时头一偏一偏的感觉。"

"你见过我梳头？"

"见过，不止一次见过，别剪了吧。"

舅母说："我也不想剪，可这烂地方土尘太大了，出门走不上几步，头发就绣成毡片了……"

舅舅说："你剪了后悔可就没法补救了，你回去再想想，这可不是一年两年能长出来的。"

舅母说："想啥，我都想了好几天了。"

舅舅挠挠头说："你先不要剪了，等等我。"

舅舅跑着而去，回来时手里多了两方大红头巾，像红旗一样迎风飘扬。

几天后，他们就找上了对象。

值得一说的是，舅母的大辫子在有了表哥之后就剪了，而且是舅舅剪的。

“一个头梳几个小时，还干不干别的？！”舅舅说。

舅母的头发卖了二十几块钱哩。

老班长叔和雪梅婶对上了象。

雪梅婶是大武口原住民，每天拉一辆架子车在街巷摆摊儿卖菜。街巷一路慢上，满满当当一架子车蔬菜，身体单薄的雪梅婶每次出摊儿都拉得很吃力。一天老班长叔碰上了，就帮雪梅婶把架子车一直推到摆摊的地方。后来老班长叔把好了出门的时间，他们就天天“碰”上了，帮雪梅婶推载满蔬菜的架子车成了老班长叔的一门功课。

很快雪梅婶家的人就知道了，雪梅婶的父亲说：“断了去，外乡人，靠不住，哪天就不见了，老话都说本地女子不嫁外乡郎。”

雪梅婶咬咬嘴唇，不说话。

两个人坐在月光下，老班长叔说：“你爸咋就看不上我？我长得也好呢么，身体又结实。”

雪梅婶咯咯咯笑着说：“不是看不上你人，是怕你们这些外地人不牢靠，是广成子的徒弟，一道金光不见了。”

老班长叔说：“不见了？我去哪了？”

雪梅婶说：“回老家呀，你们多少人来了又走了。”

“那是吃不下苦的人，我是吃不下苦的人？”老班长叔蜷起胳膊说，

“你看这肌肉疙瘩，你拿石头来砸，不把石头磕成两半才怪事哩。”

雪梅婶咯咯咯笑。老班长叔跳起来摸一把高空说：“你看现在整个石炭井，人一天比一天多，我要是哪天不见了，我就不会来这里，我是来挣钱的，这里有钱挣，我房子都建了。”

一天，架子车胎烂了，老班长叔帮雪梅婶把架子车拉回家，补好了车胎。雪梅婶的父亲留饭，却是煮了一锅土豆和一碟腌韭菜。老班长叔抓了土豆也不剥皮，连吃了五个土豆、半碟子腌韭菜。

老班长叔吃得解馋，可心情沮丧。正是新土豆上市的季节，新土豆吃个稀罕也无可厚非。可这是他第一次在雪梅婶家吃饭，又是雪梅婶的父亲留饭，他看到了希望，原本抱着很好的心情，他还想着陪老汉喝几杯，然而却只煮了一锅土豆，分明是打发叫花子，告诉他别抱幻想了。

又过了几天，雪梅婶的父亲又请老班长叔吃了一顿饭，老班长叔回来更是沮丧，因为吃了一顿剩饭，饭里有面条、米饭、黄豆，还有菜，不过里面有肉蛋蛋。吃土豆不管咋说至少比吃剩饭尊重人。

老班长叔提了一瓶酒和一包花生米和父亲喝酒。还不等父亲开口问，就竹筒倒豆子全倒了出来。

父亲生气了说：“一家有女百家求，有理不打上门客，做人哪有这样的，我去找老汉。”

第二天父亲去找雪梅婶的爸，雪梅婶的爸不在，他就对雪梅婶说了，雪梅婶听了咯咯咯笑了说：“他要是吃土豆剥皮，龇牙咧嘴，细嚼慢咽的，事情肯定就没戏了。”

父亲说：“为啥？”

雪梅婶说：“吃土豆是考验他哩，土豆我们老家叫救命蛋，他吃土豆不剥土豆皮，还一口气吃了五个，我爸夸他哩。”

父亲说：“这也太大惊小怪了，剥土豆皮不剥土豆皮有啥差别？”

雪梅婶说：“我太爷手里光阴好，遇到饥荒年来借粮的人多，凡有来借粮的，太爷都会煮一锅土豆，端一盘子上来让来人吃，来人要是吃土豆剥皮，肯定是借不上粮，不剥皮狼吞虎咽，肯定能借上粮，再说新粮上来都吃新，吃新也是好招待哩。”

父亲呃了一声，雪梅婶嘎嘎地笑起来，笑了半天才说：“给他吃的第二顿饭那不是剩饭，那是专门给他做的肉调和，上等待客饭，一斤肉煮到米里了，都来我们这里多长时间了，咋就把这也弄不明白。”

父亲嘿嘿一笑，直挠脑袋。

雪梅婶说：“他经过我爸的考验了。”

父亲说：“不怕跑了？”

雪梅婶说：“房子都建了，哪个跑的人会建房？”

父亲说：“恭喜恭喜。”

雪梅婶说：“他咋不自己来找我，让你找我。”

父亲说：“他怕伤了你的面子。”

不久，吃剩饭这个笑话又在矿上扎扎实实上演了一次。煤炭部下基层活动来了一批技术员，矿上接待专门上了肉调和。十几个技术员发现饭里虽然有肉蛋蛋，可是面条、米饭、黄豆、菜杂和在一起，都当是剩饭，结果闹起来，有人把碗都砸了。厨师说，全是些瞎怂，一碗饭半碗肉，剩饭里有那么多的肉！球都不懂，差点让我们把头子挨上了。

第七章

“老婆一个，孩子一窝”，这是媒体说矿工的。一个矿工家庭三四个五六个孩子的很常见。

我们弟兄五个。

大哥一岁半，我和大双出生了。母亲弥留人世最后的几个月，向我们讲述了我们的出生经历。母亲怀了双胞胎不是检查出来的，没去卫生院检查过，那要花钱，因为她不是城市户，又不挣钱，只能省钱，省下就是挣下的（这是母亲的口头禅）。“哪像李蓉，从怀上就隔三岔五做检查。”

李蓉是大双老婆，也生了双胞胎，月子是母亲伺候的，两人就像姊妹一样说话，李蓉叫母亲老姐姐，母亲则叫她碎妹妹，你拧我一下，我掐你一下。这一度让孙桂芬很忌妒，母亲对孙桂芬说你是女儿，跟李蓉争啥。

八个月上摸出两个头，想着可能是双胞胎，也没敢告诉父亲，怕摸错了到时候丢人，想着生下来要是两个，也算是给父亲一个惊喜。父亲就盼望着多生儿子，说要开几家门户哩。

大哥是母亲一个人生下的。人生人吓死人，又是头胎，哪有不害怕的，父亲也吓得不行，认识的几个婶娘都还没生过孩子。矿上来了个接生婆，专门接生挣钱。父亲去请接生婆，还没请来，母亲就生下了。

头胎生得容易，母亲觉得自己就能生了，不打算请接生婆。干奶奶有个土算法说九个月零十天，不在今天就在明天。干奶奶就是雪梅婶的娘。石炭井人来自五湖四海，男人结拜弟兄，女人结拜姊妹。母亲和雪梅婶结拜姊妹，去雪梅婶娘家拜了干爸干妈。还真准，九个月零十天，母亲有了临产的反应。九个月临九天，干奶奶来了。干奶奶说干女儿生娃呢，我咋能不来，也别叫你婆婆来伺候月子了，远得，干娘伺候你一个月子，也不枉你认我这个干娘。

五更天母亲肚子疼起来，母亲不想告诉父亲，一是有干奶奶，二是当时矿上正开展“大战一百天，创造新纪录”的大生产，向国庆献礼，到处标语、口号红浪浪的，说这是政治任务。父亲还给任了个掘进突击组长，正在“时间过半任务过半”的节骨眼上。可母亲疼得实在忍不了，不时呻吟出声来。

父亲看出来了，就准备请假，干奶奶说：“你快忙你的大生产去，有干娘照看哩，你还有啥不放心的。”

父亲还是放心不下，母亲肚子太大了，身子笨重，转个身都难了，干奶奶瘦小，六十多的人了，家里再又没个帮手。

看父亲还是放心不下，干奶奶说：“干娘生了九个娃，都是自己生的，没请过老婆子，一个没糟蹋，生场生时干娘正扫麦场，觉得肚子疼，赶紧往屋里走，还没走几步，掉裤裆里了，要不小名咋叫场生。院生就是生在院子里的，喜梅头胎生得顺溜，不会有事的。”

又说：“女人生娃，你一个大男人，留下做啥，女人血屋子冲男人好运哩。医院又不远，要有个啥事我们往医院送，生下了，我给你打电话报喜。”

父亲说：“谢谢干娘，有事，你让人往矿长办公室打电话，让矿长叫我一声。”

那时候矿长的办公室就在矿上，工人有事直接找矿长，矿长办公室随便进。矿长办公室有电话，电话随便用，工人给老家留的电话号码就是矿长的电话号码。

那天，父亲下井干了一个多小时，机子出了问题，大生产机子超负荷运转，罢工了。

父亲他们升井，等待机子修理。

电话来了，干奶奶说：“生了，是个小子，大人小孩都没事儿。”

父亲握着电话高兴得嘴一咧，嘿嘿嘿地笑了。

大家都恭喜父亲，要酒喝。

矿长笑着说：“恭喜恭喜，快回去看看。”

父亲说：“大人小孩都没事儿，看啥。”

矿长说：“你这大个子，女人生娃是大事，再说添了革命接班人，回去看看，安顿好了明天再来上班。”

“那我去去就来。”父亲说着就跑了。

矿长叫住，推过自行车说：“把自行车骑上。”

那时候矿长也骑自行车。

父亲骑了自行车就往家来了。

母亲的肚子太大了，而母亲也没告诉干奶奶可能是双胞胎。母亲疼得实在受不了，干奶奶看着实在不忍心，也有些害怕，就用雪梅婶的架子车拉着送医院去了。

父亲说："干娘话也不说明白，耽误工夫。"

父亲又翻身上了自行车，又往医院赶来。

母亲还在产房，父亲头往里抻抻，被护士扯住说："你要干啥？"

父亲忙说："我是家属。"

护士说："家属也不行，往后退，离远点，你一动弹浑身往下掉煤渣子，有细菌哩。"

父亲就退到楼道一排椅子边，见干奶奶正在和一个护士说话。看到父亲，干奶奶说："央求了半天，想看看孙孙，不让我进去，又推又搡的，嫌弃我不干净。"

父亲说："干娘，人家说得对哩，你别多心。"

干奶奶嘟着嘴说："你走吧，去大生产去，我等会看孙孙一眼，就回去熬米汤去了，女人娃一生，肚子就空空的了。"

父亲掉头时，产房里传来了啼哭，十分嘹亮，就很放心地回矿上去了。

回到矿上，父亲把自行车放好，机器还没修好，矿工们都靠墙蹴着抬杠，矿长趴在窗口和大家抬杠。

矿长说："这么快就回来了，快回去给老婆熬米汤呀，放你半天假。"

父亲笑笑说："有我干娘，就是老班长的丈母娘，生了九个孩子，啥都懂，护士也不让我待。”

矿长递过来一根烟说：“先敬你一根喜烟。”

两人点了烟抽着。

一根烟没抽完，矿长办公桌上的电话又响了，矿长一接，又喊：“大个子，电话。”

父亲一接，又是干娘，干娘说：“又生了个小子！”

父亲说：“大妈，你老糊涂了，已经报过喜了。”

干奶奶说：“你才糊涂了，我说又生了个小子！”

父亲攥紧话筒说：“啥，你说啥？又生了，咋又生了？”

干奶奶咯咯咯笑着说：“咋又生了？你问得笑死人了，是双棒棒！”

父亲说：“哈，哈哈，双棒棒，两小子。”

扣了电话，一把拉住矿长的手紧紧握住说：“双……双……双棒棒，两小子。”

矿长惊讶地说：“双棒棒医生检查就知道了，早该告诉你们了，怎么这阵才惊喜？”

父亲说：“怀上没去过医院，检查她害羞，乡下人么，她说娃在我肚子里怀着，他们还比我知道得多？”

矿长说：“你这个大个子啊，人生人吓死人，这么大的事，恭喜恭喜，快回去，给你放产假，快回去。”

父亲说：“男人还有产假？”

矿长说：“我说有就有，给你放了，你的岗位我让人顶着。”

“有我干娘，明天我照常上班。”父亲推了矿长的自行车边走边说。

父亲赶到医院，母亲已从产房出来睡在病房里了。

父亲说：“娃呢？”

母亲说：“护士正给洗澡哩，等会就抱回来了。”

父亲兴奋地搓着手说：“真是生了一对对儿子？”

母亲含羞一笑说：“这还能有假？”

父亲嘿嘿笑着说：“双胞胎咋不一次生？”

干奶奶噗一笑说：“你这娃，当这是鸡窝里掏蛋呀，一把能掏两个出来，总有个先来后到吧，你看着，我赶紧回去，粥该熬好了。”

父亲说：“干娘，等等我给你磕头。”

干奶奶一拍大腿笑着说：“这娃噻，怪得，对你媳妇好点，一下就生两个儿子，有人就啥都有。”

干奶奶走了，父亲激动地说：“喜梅同志，你真伟大，别人两次干的活，你给咱一次就做了。”

母亲身子很虚弱，脸色苍白，但还是努力地有了红颜，孱弱地捣父亲一拳，幸福地笑笑。

护士抿着嘴还是笑出声来。

两个护士一人抱着一个进来了，当两个小家伙放进一张大婴儿床中，父亲看到一模一样的两个小家伙，看看这个看看那个，父亲可是高兴坏了，说：“喜梅同志，你这也是实现了大生产，这是对大生产最好的响应啊。”

看着两个小家伙，父亲问护士说：“哪个是哪个？”

护士说：“啥哪个是哪个？”

“哪个是哥哥，哪个是弟弟？”

护士说：“我抱的这个吧。”

父亲说："你咋知道那是老大？"

另一个护士说："要不就是这个。"

父亲说："你们说得一点都不肯定，这咋行。"

父亲拉着母亲的手感慨万千，说："母亲同志，咱们革命后继有人啊，俩小子，人家唱我为祖国献石油，我们该唱我为祖国献儿郎。"

父亲充满想象力地说："你说咱们国家生产飞机，就像你这样，多好，生产一架飞机，忽然变成两架飞机，"胡萝卜"和"红毛鬼"些狗日的还猖狂个球。"

一提到美帝苏修，父亲就义愤填膺。

"胡萝卜"是美国鬼子，抗美援朝期间父亲和美国鬼子面对过面，他看那些美国大鼻子，就像竖着一根胡萝卜。父亲后来被美国飞机炸伤过。而父亲解放前跑脚，见过俄罗斯人，印象中都是一头红毛。

母亲说："没事了，有干娘呢，你去忙吧，别耽误了工作。"

父亲一本正经说："再等等，我一走，你再扑腾出一个来，还得往来跑，别把时间浪费在路上，正赶英超美哩。"

母亲笑了，父亲也笑了。

在母亲跟前，父亲是个很幽默的人。

父亲围着两个儿子背着手走了两圈，脸上洋溢着幸福自豪的笑容说："今儿个下午老子不上班了，守着你们两个小狗日的。"

母亲甜蜜地笑着。父亲说："我摸摸看有没有。"

母亲把父亲的手拉进被单里放在肚子上，父亲摸摸说："肚子瘪成这样了，真的是没了。"

这时间护士进来，父亲脸红了，忙抽出手来说："我摸摸看还有没有第三个。”

护士说：“三胞胎很少的，我们医院还没有接生过哩，双胞胎也是第一次。”

父亲嘿嘿一笑说：“那是你们医院太小，林子大了什么鸟都有。”

护士不高兴了，说：“你这话说得不好，咋是林子大了什么鸟都有。”

母亲忙说：“他是好人，就是说话粗了点。”

护士说：“好人也不能这么说。”

护士又出去了，父亲说：“怀了两个你就不知道？”

母亲说：“我怀娃还不知道几个，头都摸得出来是两个。”

父亲说：“那你咋没给我说？”

母亲说：“想让你高兴一下么，再说也是拿不准，万一不是，传出去还不把人丢大了。”

父亲搓着手说：“我得赶紧给娘发个电报，让娘高兴高兴，娘老说我们老郭家到这辈人脉不旺，才有两个男孙，咱这倒好，一下子添了俩，成倍增长。”

母亲说：“别光顾着高兴，儿子名字还没取哩。”

父亲说：“不急，不急，咱们老家娃都会答应了才取名哩。”

护士进来了说：“那不行，等着要名字哩，抓紧时间取。”

要说名字，父亲琢磨得早，早就取下了，当下最热的词是建设，是儿子就叫建设，要是女儿，名字就由母亲取，花花草草的名字多的是，往往是张口即来。

这下倒好，母亲来了个大生产，父亲说：“本来早都起好了名儿，叫建设，掀起建设社会主义新高潮嘛，你倒厉害，一肚子出来俩，这不是作难人么。”挠挠头又说，“有了，现在就让他们各占一个字好了，老大叫郭建，老二就叫郭设，建设连起来正好是弟兄。”

“郭建，郭设，郭建，郭设，”母亲试着叫叫说：“郭建好听，郭设不好听，你叫着试试。”

父亲“郭建、郭设”地叫了几遍说：“两个字在一起的时候，咋都好听，这一拆开，就不对味了。”

母亲说：“我不喜欢‘郭设’这个名字，日子一过不下去，他外爷就是个赊，赊来赊去，驴打滚的利，最后还不起，把我十三岁就给人家顶了账债了，还好，解放了，老地主一家人逃往南边，兵荒马乱的卖又卖不掉，把我扔在县城，还怕我跟，东躲西藏的逃走了，我才解放了。”

父亲说：“建设的设不是赊东西那个赊。”

父亲参加了矿上文化扫盲班，对认字很上劲，后来我们读的书他全都读过了。

母亲说：“设不管是哪个字，会叫串音的，像朱大头的儿子，起个啥不好，起了个朱峰，肯定不是猪粪的粪，可娃娃偏偏就给叫成了猪粪，还有杨娟，给叫成了羊圈，名字要想着起好哩，叫出去再想改都改不过来了。”

父亲挠着脑袋说：“对对对。”

母亲说：“再说两个字单薄，三个字厚重。”

父亲说：“就是，就是，那老大咱就叫郭建设，先定下来，再思谋老二的名字。”

母亲说：“就围着‘建’字起，这样他们就是弟兄了。”

父亲说：“老大的名儿是我起的，老二的名儿该你起了，咱们一人起一个，公平么。”

母亲说：“你起，不知道人家大字不识一箩筐？”

父亲说：“难道我大字就识得一箩筐？郑喜梅同志，你可不能偷懒。”

母亲就脸红了，父亲说：“你一肚子给我郭家生了两个儿，咋也得让你起个名，你想想和‘建’字配合的还有啥字。”

父亲已经有了第二个名字，和建字配合的词他脑子里有不少，建国、建军、建党……哪个都是好名字。

他就是想让母亲取一个，一肚子生两个儿，也是一种疼爱。

母亲说：“跟‘建’配的字不还有个‘国’么，你们这些天大干快上，不就是为建国献礼呢么，老二就叫建国。”

父亲绷大眼睛说：“没想到你生娃行，起名也比我高，郭建国比郭建设高明嘛，多响亮的名字，一个郭建设，一个郭建国，多有意义。”

母亲皱皱眉头却说：“‘建设’这个名我还是觉得‘设’这个字不好。”

父亲想想说：“‘设’字是不好，还有建啥？”

母亲说：“还有建党呢，七一不是建党节么。”

父亲一拍巴掌说：“喜梅同志真牛啊，两个名比我起得牛多了。”

父亲掏出烟来，母亲说：“这里不准抽烟。”

父亲就拿烟在鼻子闻闻，感慨地说：“建党、建国，多好的名字，都是大节日哩，世界上最好的两个名字让咱们占了。”

母亲说：“还有建军，也是好名字哩。”

父亲说：“等有了老四，咱就叫建军，那就全了。”

母亲说：“我可再不想生了。”

父亲说：“咋能再不生呢，建设社会主义需要人哩，一肚子再生俩。”

母亲说："再生我就要生女儿。"

为双胞胎起名的事，后来成了母亲和几个婶娘坐在枣树下常谈常笑的话题。

母亲的脸上洋溢着幸福的笑容。

干奶奶提来一瓦罐小米红枣稀饭，还有两个馒头，说："你也吃吧，等会我回去再烧一罐来，女人坐月子一天要吃七八顿哩。"

父亲说："谢谢婶儿。"

干奶奶说："谢啥，你们都是干革命的人，不是你们干革命，婶儿哪有这么好的日子。"

吃过饭，护士进来了，问名字取好了，母亲说："好了，老大叫建国，老二叫建党。"

护士说："又叫建党、建国。"

父亲绷着眼睛说："咋？不好？"

护士说："不是不好，是叫得太多了。"

父亲说："那说明大家喜欢的就是好的。"

护士填名字的时候说："老大该叫建党，老二该叫建国。"

父亲说："为啥？"

护士说："七一是建党节，十一是国庆节。"

母亲说："对对对，按日期排队。"

护士又说："歌里都唱没有共产党就没有新中国。"

父亲一把握住护士的手说："护士同志，你觉悟高啊，我们惭愧啊，等孩子满月，我一定要请你吃一顿。"

护士走了，父亲忽然一拍脑袋说："不成，还得把老大名字重取一下。”

于是老大就改为建党，老二叫建国，我叫建军。

干奶奶说：“总得有个小名，哪有一出生就叫官名的。”

母亲说：“干奶奶你给起个。”

干奶奶说：“好起得很，一双双嘛，大的就叫大双，小的就叫小双。”

母亲说炕上摆放着两个一模一样的小东西，父亲每次回来都会问哪个是建国哪个是建军这样的问题，母亲也总是指着一个说：“这个吧。”

父亲说：“这个吧？口气一点都不肯定，要肯定，哪个先生哪个就是建国，是哥哥哩。”

母亲说：“大家都稀罕，抱了这个抱那个的，刚刚定下哪个是哪个，就把我搞乱了，护士给洗澡，放在一起就像两条鱼，更盯不住。”

父亲就趴在两个小家伙跟前仔细端详说：“娘的，真像一个模子脱出来的，真不好分。”

母亲说：“要是生个龙凤胎就好了。”

父亲说：“话不能这样说，还是生小子好，社会主义建设需要人哩。”

母亲说：“女人就不是人了？新社会了你还这么封建。”

父亲说：“也不是我封建，建设社会主义懂吗，建设是需要力量的。”

母亲说：“女人就没力量了？毛主席还说妇女能顶半边天哩，还不是你重男轻女的思想在作怪。”

父亲哈哈大笑着说：“你还很有口才嘛，啥时间练的？”

母亲笑着说：“天天听广播哩，灌的耳音。”

又回到哪个是建国哪个是建军的问题上来了，父亲“建国”“建军”地叫着说：“你说他们要会说话，一叫名字就会答应，就知道谁是谁了，可现在问他们十声，连嘴都不张一下。”

母亲嘻嘻一笑说：“一生下来就开口说话，那不成妖怪了，还不把人吓死了。”

父亲说：“总不能老这么乱下去吧。”

父亲把两个小家伙翻来翻去，母亲说：“你别翻弄他们，小心把腰扭了。”

父亲说：“他们是娃娃哪有腰，我找他们自己有没有长记号。”

母亲说：“我找了多少遍了，他们长得干净，没有瘊子，有几个黡子都长得一样。”

父亲说：“这两个碎东西啊，明摆着为难咱们么。”

母亲说：“也不难，给他们的衣服上做记号，建国的衣服上拴一截红头绳，建军的衣服上拴一截绿头绳，不就分开了。”

父亲说：“对对对。”

于是几件衣服上就都拴了红红绿绿的头绳。可麻烦还是没解决，一洗澡，两个小东西像鱼一样在水盆扑腾上一阵，就又乱了，分不清哪个是哪个了。拴了红绿头绳的结果只能说明谁穿拴了红头绳的衣服谁是建国，谁穿了拴了绿头绳的衣服谁就是建军。后来就在身上做记号，可是才做了记号，一会儿就磨得没影儿了，一遇着水，立时就没影了。又不能文身，文身岂不成了那些黑社会地痞二赖？这样，两个小东西就不能根据名字确定下来谁是谁了。

父亲拧着眉头说：“这咋行，今儿个是建国，明儿个是建军，就像不讲信誉一样。”

母亲说：“反正已经乱了，就让先乱着吧，等他们会说话的时候，再确定谁是谁。”

父亲挠着头说：“也只能这样了。”

母亲说如何区分谁是谁的问题，纠结了一段时间，也就不纠结了。不是不纠结了，而是顾不上纠结了，因为更现实的问题摆在面前。虽然母亲奶水还算多，可也不够两个小东西吃。给的那点口粮全换了奶粉、炼乳，现在就紧巴巴的，再大一点显然是不够的。父亲说反正是双胞胎，错前错后出生的，等他们会说话，一喊就会答应，就自己分明白了。

父亲正是三十出头，那干劲可不是一般的干劲，而矿上是三天两头接到革命任务，这更是激励着他没明没夜地干，班都不倒。早晨出门，两个小东西还在睡觉，晚上回来，两个小东西又在睡觉。对于两个小东西父亲几乎没怎么关注过。

母亲说我们俩十个月上会走了，就更分不清楚谁是谁了。到了一岁，你们会答应了，倒确定下来了，可再大点，你们会捣鬼了，叫你他答应，叫他你答应，而且跟人做起我是谁的游戏了，会一起跑到大人跟前问我是谁。被认对了，你们觉得没意思，就蔫巴巴的，要是认错了，你们就会拍着小手又跳又笑的。后来，即使被认对了，你们也不承认，会说你们真笨。看着大人一脸疑惑，就觉得太有意思了。你们坏得很，把大人搞混乱了，你们快乐地笑着继续制造着新的混乱。再往后，叫大双小双答应，叫小双大双答应。有一回，我抱着大双出去了，你爬在床上玩。你爸说，小双，给爸爸拿火柴来。可你像是没听见一样，自己玩自己的。

你爸又说，建军，给爸爸拿火柴来。你依然不应，继续玩自己的。你爸在你的屁股蛋上拍了一巴掌说，叫你你怎么不答应？你说你不是建军，你是建国。父亲拍拍自己的脑袋，确实糊涂了。我抱着建国出去的时候，你爸摇着手说建国，跟爸说再见。建国还摇着手说，爸，再见。你仰着脸说，我真不是建军，我是建国。你爸趴到窗口看我抱着建国就在窗根下，就抱起你趴在窗台上喊建国，建国就叫声爸。你爸知道是你在捣乱，扬起巴掌说这么大就学会撒谎。你就哇哇地叫着说我不是建军，我是建国。我说那说不定是我弄错了。你爸说我刚趴在窗口喊建国，建国在下面答应哩。建军说是他冒充我。你爸就又糊涂了。再大一点，你们要是闯了祸，互相抵赖，还互相冒充着做一些坏事，你爸盯着看上半天，也看不出来是谁干的，就更难指教，头都大了，说这么下去肯定将来吃枪子哩，掐着指头一算，快上幼儿园了，一下子轻松起来，说交给老师去教育吧。又说这是他们的职责。

母亲说，上了幼儿园，你们依然像是在家里一样，冒充着做一些坏事，闯了祸互相抵赖，老师也头疼，罚谁谁喊冤枉，一起训罚时，两个都喊冤枉。大双挨的罚多，老师说你是大双，你是哥哥么。顾老师到家里来，和我们说我实在是盯不住谁是谁，你们平时咋分别的？我说我们也盯不住，辨不清，也就不辨了。顾老师说那咋行，辨别开来才能因材施教。你爸就挠着头说不好分别嗟，两个小东西又鬼又精的。我们三个人就想办法，最后想了一个办法，不给他们穿一样的衣服。三个人都觉得此计可行，可是，没过几天，问题又出现了，你们背过人把衣服换了。有一回正换衣服，让老师抓了个现行。老师咯咯咯地笑了，两个小东西也咯咯咯地笑了。顾老师不知道你们是在学她笑，还是开心地笑。

顾老师觉得这两个小东西真是好玩有趣，把这个抱起来亲一口，把那个抱起来亲一口，还专门来家里，一颦一笑地给父亲和母亲把过程学说了一遍。说完顾老师笑了，你爸笑了，我也笑了。你爸说狗日的两个，比美帝苏修还狡猾哩。顾老师咯咯咯地边笑边说，其实也没啥，挺好玩的，等他们大一点，上了小学就会好起来。不过，顾老师又说你们得改掉他们的一样毛病。你爸说，啥毛病？顾老师说，他们老说脏话骂人。你爸问他们都说啥脏话？顾老师咂咂嘴唇说，狗日的。这话说得顾老师脸红了。你爸说好好好，我们一定改正掉这个坏毛病。

把老师送出门，我就想，“狗日的”这咋是骂人话，“狗日的”在老家里是再平常不过的话了，夸赞人时常用哩，夸娃娃都说这狗日的灵得，这狗日的乖得，这么骂上亲切么，这老师事真多，这也算是骂人话，啥时我骂她两句让她知道啥是骂人话。

你爸说，自己人这样骂着亲切，可骂别人就不亲切了，在城里就是骂人话了，得改，一定得改。我撇撇嘴说娃娃么，长大了他们自然就不骂了，这么碎点小东西，属猪的，记吃不记打。你爸说反正咱们再不能骂他们这些话了，给雪梅他们说说，也不能说“狗日的”这三个字，咱们一说，他们又出去这样说别人了。

母亲说，你爸把你们叫来，像老师一样命令站好，你们并列站好，却是你扛我一下，我扛你一下。你爸一着急就喊“稍息，立正”。这倒顶事，你们不再扛来扛去。你爸说以后在幼儿园不能说小朋友狗日的。建国说那我们该说啥日的？你爸说不能说啥日的。你说你笨死了，说驴日的。你爸笑得喷茶水了说不能说驴日的，驴日的就是骂人话了。你说那狗日的不是骂人话，我们咋不能说？你爸说不能说就是不能说，再说就打屁股。建国说顾老师都不打屁股。你爸又说也不能说日你妈。建党说那我们说啥？你爸说不说这话难道就没话说了？你说那我们就说日他妈，这谁也不骂了。你爸头就大了，就说总之，狗日的，狼崽子，日你妈都不能说。说罢然后就匆匆逃跑似的走人了事。一天，你瞿叔找来说，老郭，你得管管你这两个儿子，两个把我家豆豆堵住骂狗日的。你爸嘿嘿一笑，递给你瞿叔一根烟说，那是他们的口头禅。你瞿叔说他们才多大的人，就有了口头禅。你爸说有，就像咱们矿长讲话总是这个……这个……那个……那个……就是说……所以嘛，不是骂人。你瞿叔说这还像领导讲话的口头禅？明明是骂人，不但把我家豆豆骂了，还把我捎带着也骂了。你爸"噗"地笑了，想着咋解释。解释是要动脑子的，你爸最怕动脑子，而乡下人跟城里人解释是解释不通的。你瞿叔可是地道的城里人，几辈子的城里人。你爸想说在老家狗日的不是骂人话，只有关系好了才会互相这么骂，可他知道这么解释你瞿叔肯定不会信服。正愁着呢，你们两个从外面追闹着进来，口里互相骂着"你个狗日的""你个狗日的"。你瞿叔就咯咯咯地笑了，摸摸你们的头说你家咋这样么。你爸说正在改造，正在改造。你瞿叔又给给给地笑起来，你爸说当时他想跟你瞿叔开个玩笑，说你这给给给的笑，就像公鸡踩蛋时那种叫声，可怕你瞿叔说他骂他。

母亲说得没错，幼儿园结束了，两个小东西把"狗日的""狼崽子""日你妈"都改掉了。

不过，我们有一个共同的绰号——"我是谁"，因为我们老玩"我是谁"了。

母亲说："三窝子（就是三胎）想生个女儿，聪明的女人都是花生——一儿一女或一女一儿，这样以后的生活就轻松些，嫁一个娶一个或娶一个嫁一个，家里日子再紧张，就能用女儿为儿子换亲，不至于打光棍，哪想到只生儿子，还一下就生了俩……"

建邦说："传宗接代一个就行了，三个就够多的了，咋又生了个我。"

母亲说："老家公社办起了草编福利厂，专门安排残疾人就业，你们叔伯都进了福利厂，自己能养活自己了。叔伯进入福利厂拿上钱的当天就打来电话，说再不要寄钱回来，把自家的日子过好。所以你奶奶才来了趟咱们家。这一下减轻了负担，日子就松动了些，就想生个女儿，有儿有女家才算完全么。怀上后从反应判断是个女儿，爱吃辣（酸儿辣女），肚子平坦（肚子尖了是儿子，平了是女儿），谁知道又是个儿子，就再也不敢生了。"

建邦说："妈，那你是不是生下我失望极了，恨不能一屁股盖死。"

母亲啧啧啧地说："一屁股盖死？你说得瘆人不？"

建邦说："我看书上这么说哩。"

母亲掉下脸说："书上这么说？哪个娘有那么残忍，你读那么多书，也不分个好坏？"

建邦忙说："妈，我就是说说。"

母亲说："这话是随便说的？"

建邦说："妈……"

母亲又笑了说："才四个，不多哩，你没经过乱世，一个两个都不保险的。人留子孙草留根，多生个儿子保险，你爸高兴得很。大地震山合了，你八个爷爷除了你爷抢婚才活下来，其余的都死了，你爸的几个弟兄让日本人炸得几个都残疾着，没结婚，都没后。按你爸的意思，日子好过了还要好好生，要给你大伯、四伯一个指一个儿子，每个没儿的都要给个顶门的，开他们的门户哩，不能让一门人黑了……看着你爸没明没夜的不是加班、给人顶班，就是打编芨芨，看得人不忍心的，说啥也不能再生了……”

建邦三岁时，我们又有了个弟弟——一个早晨，父亲出门，门旮旯一个篮子，提起来一看，是个孩子，男孩，父亲高兴地说：“又开一门人了。”取名建民。可养着养着才发现是个痴呆儿。16 岁上，被大伯接到老家民政福利厂去了。

第八章

民以食为天。一工一农，注定受穷。这两句话在矿上很流行，但也是不容置疑的现实。矿工家庭，工农结合，也叫“二混子”家庭，一般都有三四个甚至五六个孩子，最多的一家有十一个孩子，最大的困难来自吃粮。当时正处于计划经济，正式职工口粮定量供应，农村户籍人口只能吃黑市粮。

20 世纪 60 年代中后期，为了解决矿工家属的问题，石炭井矿务局下属的各煤矿陆续组建了农场。“农指”，外人不明白，石炭井及至石嘴山人都明白，就是“农业指挥部”的简缩。农指陆续在石炭井沟口、大武口、西大滩等地组建农场，开荒种地，挖塘养鱼，既保障了矿区职工基本生活所需，又解决了部分家属的工作安置问题。然而，母亲因刚刚生下弟弟，农场又离家远，四个孩子没人照料，没办法上班，不仅失去了解决工作的机遇，更失去唯一一次改变身份的机遇。要知道，母亲的身份倘若解决了，我们的身份也都随母亲解决了，我们就能分许多东西。比如说有了农场，每年各季节和节假日，会给各单位分配从农场拉来的瓜果、蔬菜、鱼禽、肉蛋、粮油。这是按户口身份来分，我家只能分配一口人的。看着人家大车小辆地往回拉，而我家抬个筐就抬回来了，羡慕得我们眼里都要滴血。除了分东西，还有各种票，那时候生活需要的不仅仅是钱，粮票、油票、肉票、糖票、豆腐票、鸡蛋票、鱼票、布票……啥都凭票供应。直到1985年，借助农转非政策我们全家才成了城里人，但这时候于我们家来讲，意义已经不大了。

父亲一个人的口粮怎么能供得了七张口，“将就日子对付过”，这是母亲的格言。母亲可真是会“对付”。父亲每月打供应粮不打米和面，全打麦子，母亲再拉到雪梅婶娘家石磨上去磨。别人家麦子磨三遍，分白面、黑面和麸子，我们家的磨五遍，麸子就都成了黑面，蒸馍做面都是黑沉沉的，感觉很有分量。当然还得买粮，去黑市买，主要买黄米、玉米糁子，这些粗粮便宜。黄米和玉米糁子因为黏度不够，很难做成面片、面条，就插黏饭。

母亲在做饭时将米面取到盆里后，总会抓一把放进另一个米面袋子里。母亲说一天省一把，三年买匹马。我不明白母亲为啥要买一匹马，问母亲，母亲说一匹马就是家底呀，跌年成能救命哩。母亲不是一天省一把，而是顿顿省一把。

公家粮站卖议价粮，却比黑市粮还贵，就只能到黑市去买了。可买黑市粮有危险，黑市那是投机倒把，国家打击得厉害，被抓住不但没收粮食，还要关押人，单位还要处理。好在针对石炭井的现实，不开除你，但要通知你单位批评教育你，处分你。问题在于买黑市粮光自己小心还不行，还怕粮贩子被抓。粮贩子被抓，是不会轻易饶过的，必须把买粮的也供出来。

不过打击归打击，粮食黑市倒没有被消灭，只是更隐蔽罢了。因为几乎全是像我家这样的“二混子”家庭，加之盲流潮水般涌来，石炭井计划外人口激增，一度只有两万多职工的石炭井，人口却高达十二三万，粮食黑市市场很大，尽管粮贩子抓住会被打成投机倒把分子劳改，总有人愿意铤而走险。做黑粮买卖的都猴精猴精的，神秘得像地下工作者，甚至都用上了暗号，就像反特片中的特务接头。父亲买粮都在一个叫黑蛋的人那里买，他们的接头暗号是“家里来人了”。

瓜菜半年粮。这话在我们石炭井有另一层意思——在石炭井这戈壁山，瓜菜可是要比粮食贵多了。即使是万物疯长的夏日，除了戈壁上那些几千年漠风过滤留下的劲草，蔬菜也是难以生长的。而那时候人们还没有反季节种植蔬菜的概念，温室大棚都没听说过，不要说石炭井，就是石嘴山市府大武口，冬季新鲜蔬菜也是很稀罕的，哪像现在的石嘴山，大面积的土地种植供港蔬菜，成了香港的大菜园。

自建房建得早的，都有阔绰的园子。得说说我家的园子。

石炭井属于戈壁，砂石沙土上种什么都难以成活，需要换土，而取纯土要去几公里之外。那时候连手扶拖拉机都没有，架子车有，可不是上坡就是下坡，路又坑坑岗岗，又没有牲口可以借力，靠人拉还不如用筐挑。父亲用一筐一筐土垫填起篮球场大小的菜园，纯土三尺多厚。在我们那片自建房形成的村舍，我家的园子是最肥沃的。

园子大，葱、韭、蒜、小白菜、水萝卜、茄子、南瓜、西红柿、辣椒，母亲就各样都种点。辣椒和西红柿种得最多。辣椒从开始挂果一直可以吃到深秋，再晒干辣椒，一串一串挂红了檐廊。西红柿除了吃菜，更当水果吃，到了秋末开始做西红柿酱——从护士手里买些葡萄糖瓶子，蒸洗后，将西红柿切碎捣烂，放锅里文火熬，然后晾凉，灌瓶，塞盖，盖上扎一针头，放锅里再蒸，取出拔了针头，用胶布封了针眼，放进地窖。西红柿酱可一直吃到来年新西红柿上来。

葫芦、南瓜早就实现了立体种植。母亲常说娃娃绊大，葫芦吊架。栽几根木桩，铁丝拉到房顶上，葫芦藤和南瓜藤就爬上房顶，葫芦和南瓜也就结上了房顶。葫芦、南瓜是可以贮藏过冬的，是没有多余的。

沿园墙根种一圈玉米，就有新鲜玉米棒子啃了，吃不完的，还有喂鸡、羊、猪的。

当然，石炭井的山野沟谷里的野菜也不少，蕨菜，刺春头，黄花菜、香椿、苜蓿，苦苦菜，黄花菜，小蒜，五榔头，白蒿头，灰灰菜……春夏秋三季都有。许多野菜都有苦味，用开水焯后，用凉水浸泡后，苦味就淡了。吃新鲜的，也腌着吃，因此每家有一口腌菜缸，一年四季都腌菜。更要阴干一些，这样等到了冬日与土豆一起炖。

苹果树、梨树和杏树也各种了几棵，枣树最多，因为干枣是捣罐罐茶的主要辅料，而枣树耐干旱。门前有一棵箭杆杨，原本是栽了用来晾晒衣被的木桩，结果活了。箭杆杨是对天空最有妄想的树，一个劲儿地往天空蹿，长成了我家的一杆标志，远远地就能看到它挺拔的身躯，我们读书后，常常在树影下读背茅盾的《白杨礼赞》。一棵箭杆杨就胤出了几排。

提水、担水浇园是我们经常的功课，好在离沙河不远，我们还在房屋背后坡上挖了几个收水的坑、窖，下雨就能收上水。

院墙打得厚而高，因为薄了会被风刮倒，低了风沙会打死冒出地面的小苗和绽放的花蕾。

墙外一片荒凉，墙内生机勃勃，小院一派田园景象。

到了冬日，当然一律吃的是窖藏菜。因此，菜窖是家家必备的生活设施。一家一个窖，省得你上吊。石炭井地处戈壁漠野，地下干燥，菜窖一般挖三米左右深，据说这个深度的温度基本处于蔬菜保鲜的恒温状态。菜窖是石头箍砌，水泥浇底，窖口密封。不知是何人发明的菜窖，冬天在菜窖中放几桶水，既保持湿度又保持温度。

“付菜”听说过吗？“付菜”的“付”是不是这个“付”，我和阿文曾有过争论。看到几篇写石炭井的文章中写“付菜”时都写“付”这个字，阿文看后说不对，应该是“富菜”才对。阿文说，在我们老家有两种芹菜，一种水芹，醴陵话叫“白芹”；一种旱芹，醴陵话叫“富菜”，因为芹在我们醴陵话里念出来是“穷”，“穷菜”当然不好啦，越吃越穷，就有意念成了“富菜”，这些写文章的人可能是觉得“富”笔画多难写，给人写成了“付菜”。我觉得阿文的说法是有点演绎的色彩，但解释这个“付”应该是对的，因为我遇到过那时候“副食”这个热词总被写成“付食”，负责副食供应的马主任就把“副食”写成“付食”。“副”和“富”一样，笔画比“付”多，难写。从字面意义上讲，这个“付”也可以理解为应付，或者是母亲说的“对付”。

在石炭井，付菜就是大白菜。菜窖主要贮藏的就是大白菜。每年10月底，大白菜上市，各单位会采购大白菜在广场上给职工分配，卡车、板车、架子车、独轮车络绎不绝，绵延月余。大白菜刚从地里砍下时水分很大，容易腐烂，得码在屋檐下、墙根边晒晾一段时日，让水分散发，因此拉回家，不能立刻窖贮。当然得留心，石炭井进入深秋，天气忽冷忽热，绝对不能让大白菜受冻，受冻后再一化，立马就淌了水，臭不可闻了。进入深秋，家家户户院落里堆积白菜摞是石炭井独特的风景，甚至有画家来画过。

当然，我们半工半农之家分不了多少，只能自己买。菜贩子就大张旗鼓地来了，叫卖声洋溢着浓郁的大白菜气味。必须讨价还价，每年贮菜可是一笔不小的开支。我们家常用芨芨制品跟菜农们去换。

俗话说:“百菜不如白菜。”专家也说大白菜虽然普通得不能再普通，但功能不能小觑，营养丰富，含有粗纤维、维生素C等，能促进胃肠的蠕动，具有清热解毒功效，白菜中凝血止血酶能预防中风，钼还能防癌。石炭井人听了说：“让他来吃上一冬，见了大白菜不吐，还日出怪来了。”

除了贮藏大白菜，还要贮藏土豆、莲花菜、萝卜、苤蓝、南瓜、葫芦等。贮藏的菜要吃到来年四五月份新菜上来，所以，有的开花发芽了还吃着。

窖贮蔬菜水分流失很厉害，这倒成了乱炖的好原料。因此在石炭井，乱炖是数一数二的美食。这些菜占领了饭桌，炒、炖、蒸、熬、泡、拌……东西南北各种吃法大融合，不断创新。瓜菜半年粮，野菜也是主食。

我家菜窖比别人家的大得多，因为要大量贮存土豆。

父亲再能挣，母亲再能省，也不够吃呀，尤其是到了“文革”十年，我们弟兄正是“米山面岭都能吃穷”的年龄。

那就吃土豆。

我曾经与人争论过，土豆是粮食还是蔬菜，多数人都说是蔬菜。

在西海固，有这样一句俗话：西海固有三宝，洋芋土豆马铃薯。有人说这不是一样东西吗？我说不是一样东西，洋芋是粮食，土豆是蔬菜，马铃薯是经济作物。当然这是我从老家海原乡亲口中得到的解释。老家人把洋芋叫救命蛋，金豆豆。

2015年，国家为西海固这句老话做了证明：土豆主粮化，成为稻米、小麦、玉米之外的第四大主粮作物。事实上在几十年前我家土豆就主粮化了。土豆属于秋作物，受干旱影响小，又属于块茎作物，埋在地下，不受冰雹等灾害影响，产量高。宁夏南部山区主产土豆，亩产高达两千多斤。价钱也便宜，又不作为粮食管理，买卖自由，而且适宜窖贮。土豆对于一些人家来说是一种菜，但对于我家来说是一种主粮了。每年国庆节前后新土豆上市，父亲就买回几驴车土豆。拉这么多土豆，别人会问咋买这么多，父亲就回答他说，吃。像我们这样的人家不少，许多人家也以土豆为主粮，拉土豆被人问及时，便有些脸红，总是天黑了才拉土豆回家，再急忙窖贮。

我家的日常饭食，土豆都占对半，无论米面倒像是药引子。土豆在我家有十几种吃法，炒、炖、煮、蒸、烤、烧、炸，煎、烹、扒……还跟西海固人又学了些新吃法，比如土豆擦擦、土豆焖饭、土豆丝炸饼、土豆丸子……金叔来自吉林，是个朝鲜族，回老家娶了朝鲜族老婆。朝鲜族爱吃土豆，吃法新奇，婆婆丁、酱土豆、奥古籁之类的，母亲又学了几种土豆的吃法。不过按他家的做法需要好多配料，配料可是不便宜，母亲做时只能减料，不过吃起来总算是新奇。

到了冬日，还有一种独特的吃法，煮几锅土豆，剥了皮，然后用蛇皮袋子(编织袋)装了，挂在屋檐下让风鿏干到面包一样酥脆时当馍吃。

久吃土豆，定然伤胃。这不用大夫讲，吃完土豆如果再迎风受凉，胃里就泛酸水。后来我们胃都不好，一见土豆就皱眉头。

至于肉食，自己解决的多，当然，在我们与巴特尔家结了干亲后，生活有了一个质的飞跃。

一般来说，我们这样的矿工人家，园子的东南角会圈出一小块地方，养猪、羊、鸡，都是为了吃肉。有些人家分出的要大许多，甚至是大半个院子，专门搞养殖，靠养殖挣钱补贴家用。除了养猪、羊、鸡，还有养牛的，也有养鹅、鸭、兔的。

之所以在东南角，是因为西北风多。我家养的鸡多。养鸡方便，可散养，投入小，院里院外虫虫草草足够鸡吃（那可是真正的虫草鸡），冬日才给加一把饲料。养鸡会招来老鹰、花鸨，这些家伙从高空一个猛子扎下来抱了鸡冲天而起，我们就在树上挂破漏的洋瓷盆子，发现这些家伙来了，敲击以惊。一年养一头猪，到了小年过后宰了，肉切成四方块子，烧化了油腌一缸，细水长流吃一年。一年养三四只羊，都是羯羊，两月宰一只。养猪、羊、鸡一是为吃肉，一是为了解决园子的肥料问题，那时候几乎没有用化肥的。

说到肉食，我要说的还有几种野味。

大雪封门，在院子里扫开一块雪，撒上谷米、玉米糁子，上面用棍子支起笸篮或竹筛，用一根细长绳拴了棍子，守在屋里火炉边拉着绳子，等麻雀落在院里，蹦蹦跳跳到笸篮或竹筛下吃谷米时，猛拉绳子，麻雀就给扣住了。那时候麻雀真多，后来当三害除过。拿一布袋子，撑开袋口，将笸篮或竹筛抬一个小缝，麻雀就鱼贯而入。有时候会扣到鸽子。用开水烫后拔毛，开膛破肚，架在火炉上烤。麻雀肉自带调料，烤到焦黄，骨头都酥了，连骨嚼着，味道美极了。

我们也去野外套鸟。在一条绳上用尼龙丝绕个活扣，选一块鸟儿常落的雪地，将绳撒网似的撒在上面，沿绳撒上谷米、玉米糁子。小到麻雀、麦鸟，大到鸽子甚至野鸡、野兔都能套到。父亲还会下夹子，能打到兔子，有时还夹住狐狸、黄羊羔子。

白露前后，黄鼠是肉。每年到了白露前后，黄鼠要攒膘冬蛰，一个个肉嘟嘟的，一只有半斤八两重。挖黄鼠成为改善生活的又一个渠道。父亲隔三岔五会挖黄鼠。挖黄鼠是需要气力的。将黄鼠追进洞穴，三五分钟就得挖出来，否则就白下苦了。黄鼠洞一般打在沙土地里，打在戈壁滩上的是很难挖出来的。父亲一天能挖十多只黄鼠。呃，不是一天，是放了工的闲余时间。

当然，灌黄鼠最省劲，那得下了大雨，坑窠里积满水，在附近找黄鼠洞，提水去灌，几桶水就能灌出黄鼠。看到黄鼠洞里水冒起泡泡，手抔在洞口去捉，等黄鼠浮出来，一把抔住脖子，黄鼠嘴巴张开，掐住下颌一掰，黄鼠就毙命了。灌黄鼠也让我们真正懂得了“蛇鼠一窝”，因为黄鼠洞里常钻有蛇，一把捏住，发现是蛇，吓得撒手大叫。有时也会灌出癞蛤蟆。

小孩也能灌黄鼠，只要水方便。我们几个一天能灌出十几二十个。灌出了黄鼠，我们就自己烧烤，没有别的调料，就撒一把盐面和花椒粉。现在想来，那是最正宗的烧烤了。可是石炭井少雨，能灌黄鼠的雨水就更少了。虽然春夏暴雨多，可黄鼠瘦得只是遍地跑的骨头架子。

黄鼠用开水一烫，毛轻轻一捋就脱落了。在烫黄鼠前，我们会先剪黄鼠尾巴，那是做毛笔的原料，当然谈不上什么工艺，也只是把尾巴用胶带缠在筷子上。将黄鼠开膛扒掉肠肚，塞进调料及葱花，然后油炸、烧烤、清蒸了吃。我们家吃黄鼠肉最喜欢的吃法有两种，一种是将黄鼠放在米上蒸食，蒸出来的黄鼠油把米饭浸润成金黄色，看着就口水四溢，吃起来更是美味；一种吃法别人听了觉得很恐怖——做黄鼠“棺材”，就是用和好的面将黄鼠包裹起来，看上去就像把黄鼠装进了棺材里，上笼去蒸，蒸熟之后整个黄鼠“棺材”让油浸得黄澄澄的。

北方人多数吃黄鼠，尤其是宁夏盐池、同心、海原等地的人（回族是不吃的）。南方人不吃黄鼠，他们说会传染鼠疫，北方人说吃黄鼠吃了几百年了，没听说吃出过鼠疫。瞿叔是南方来的，有一次来家里正赶上我们吃黄鼠（不排除闻香而来），给他端了一个黄鼠“棺材”，他吓得直后退。可他不走，看着我们吃，听得出他咕儿咕儿咽口水的声音。父亲说，不是说鼠疫传染最厉害么，吃不吃都会传染上，要是黄鼠真带着鼠疫，我吃了传染上了，你也摆脱不了呀。瞿叔说可不是，那样被传染了多冤枉，端碗才吃了一口就嗷嗷大叫，我的娘唉，香破脑壳，香破脑壳呦。瞿叔声音尖细，如同女子。他一连吃了两只，还咂嗼着嘴，但没了，父亲吃剩下的半个他也不嫌弃，也吃了。从那以后，一闻着味儿，瞿叔就过来了。后来，瞿叔弄清楚了，黄鼠与老鼠有本质性区别，不携带鼠疫。

后来，瞿叔也跟着父亲挖黄鼠，可他是个读书人，力气不够，是改造后落在这地方的，父亲挖出来会给他几个，可黄姨不会做，也拒绝做，说会传染鼠疫，又说这不是正肉，是付肉（可能是受付菜影响）。瞿叔就在我家吃，边吃边感慨地说，臭娘儿们，害得我的崽子们也没口福啊，我要写这黄鼠肉，要让天下人都知道，天上的蛟龙肉，地上的黄鼠肉。

盐池人最能挖黄鼠，也有经验，常吆喝大家坐火车去马莲湾甚至是黄沙滩、西大滩去挖黄鼠。父亲挖黄鼠而食则是来自他做跑脚的时候。父亲说，跑脚的路上常常遇到不测，啥都吃过。马蛇虫子都吃过，味道挺好的。但父亲没带我们吃过马蛇虫子。也没见他吃过。

马蛇虫子就是沙蜥，也能吃。

石炭井戈壁荒野里马蛇虫子最多了。1973 年那次地震，马蛇虫子全跑了出来，漫山遍野明晃晃的，高卷着尾巴乱窜，好不吓人。起初我们只是逮着玩，我们觉得它老是高卷着尾巴，是因为戈壁滩温度高怕烫，我们就捉住把尾巴按到砂地上、石头上，后来干脆用火烧它的尾巴，再后来干脆整个烧了吃，味道不错的。当然这只是我们在外面的野味，家里是不吃的。

母亲骂过我们："狗日的，蛇是小龙，都敢吃。"

北武当庙那里的黄鼠、马蛇虫子不少，但我们不灌、不捉，人都说是神虫。我们也能想清楚，神佛门前的虫子怎么能随便动。顺便说一下，这北武当庙是在始建于盛唐时期的一座小庙的基础上扩建而成的，儒、释、道三教合一，后几经扩建，清慈禧太后曾赐"护国寿佛禅寺"名号。

说说我们那个时候的穿的吧。

穿不仅要钱，还要布票的。我家每年分到的只有父亲一人的布票，我们的布票都在户口所在地发。父亲一个人的布票，全家人用，显然不够，因此还得买布票。因为家家都缺布票，所以布票很贵的，有专门的贩子。

我们的衣服往往是做成还未粘身，先把屁股、膝盖、大腿面子用针线一圈一圈密密麻麻盘一遍，就像打靶的靶标。这让我们玩比赛类游戏时，谁输了就得把屁股撅起来，胜利者拿柳枝做的弓箭，玩射箭游戏。一只眼的一只眼睛就是三炮射箭时他扭头看时，给一箭射瞎了。

我们的衣服是从来不做兜的，因为打架时衣兜是最好的抓手，一把抓住一拉就撕扯了。上衣有没有兜无所谓，可裤子没兜就没有派头了。老大曾把原来做裤兜处的裤缝的针线拆开，手插进去就像插在裤兜里，在大家跟前要酷。很快让母亲发现，狠揍了几鞋底。

后来，不用布票就能买到劳动布。劳动布其实就是稍薄点的帆布。劳动布本就贼硬，加上又扎又盘，就更硬了，又没有内衣内裤，贴肉穿着把肉都磨烂了。等到牛仔裤兴起时，我们已经摆脱了穿衣危机。记得家里的第一件牛仔衣是大双买的，母亲拿到手里高兴得眉眼皱到一起说："到底大了，会过日子了，这布厚得耐磨。"翻着看了看又说，"布厚得很，就是咋就像是人穿了多少天，你看这颜色韶的，等娘给你找点蓝颜色再染染。"大双说："你可别给我胡整，人家就这么个颜色。"母亲说："哄鬼去吧，就这么个颜色？一坨白一坨蓝的。"

我们最费的是鞋了。手工做的布鞋在砂石路上，鞋底、鞋头磨损得实在厉害，一双鞋两三个月就穿得没魂了。后来母亲用废轮胎、传动带做鞋底，鞋尖再裹一块橡胶，极大地延长了鞋的寿命。栈桥皮带卷可是好东西啊，家里喂鸡的食槽、洗衣服的搓板、剁菜的菜板都是用这皮带做的。废轮胎、废皮带也没多余的，为了拣废轮胎、废皮带，我们没少跟人打架，当然，偷也是重要手段。

绱鞋时要将橡胶底子劙一道凹槽，线绳要埋进口子中，这样就不会轻易磨折。劙凹槽要有手功，深了橡胶底寿命就降低了，劙得浅了线绳会露在橡胶外，几天就磨折了。倘若劙透了一双底子就毁了。好在后来有了磅线，比线绳、麻绳细，却要结实几十倍，都可以吊起人。橡胶夹针，穿过去的针得拔几下才能拔出来，母亲的手常被针戳烂，被线绳子勒出了一道道深壕，甚至拉破了肉皮。后来就用尖嘴钳子拔针，又用布做了半截手套，护住手掌拉线绳。我们几个娃的鞋是大针线活，父亲就帮母亲绱鞋，母亲不让做，说哪有男人做鞋。父亲说你老在乎别人说啥，那你啥都做不成。

我们穿的鞋面一开始用的是条绒布，时尚，但并不便宜。后来有了劳动布、风筒布，再后来有了帆布、牛仔布。多后年，穿布鞋又成了时尚，样式美观不说，有的价钱比皮鞋还贵。大嘴就说我们早就时尚过了。下雨的时候，我们就都脱了鞋抱着光脚在雨中走，有准备了塑料袋的，就把鞋装进去，因为鞋底、鞋帮都是用穿得实在无法再补的衣服剪成布片，再用糨糊粘出来的，见了水糨糊就稀软地散开，鞋的寿命就会大大缩减。好在石炭井雨少。

归根结底，一切问题都是钱的问题。

父亲的工资是最高一档的，然而一家七口人的开销自然难以支应，还得照应老家那老弱病残的十三口人，月月得寄去相当一部分。随着我们五弟兄逐年长大，寄后所剩全买了粮也远不够一家七口吃粮。

好在父亲有一门手艺，编制芨芨产品，仰仗着大自然的恩赐显得从容，一点都不慌乱。

必须好好说说芨芨，感激大地的馈赠。

芨芨草，又名席箕草、枳芨草、枳机草，还有一个颇具诗意的名字——“塞芦”。《述异记》中有这样的记载：席箕一名塞芦，生北胡地。“千里席箕草”，足见其分布之广。唐宋诗中常出现有关芨芨草的诗句：“秋尽见旄头，沙远席箕愁”“单于不向南牧马，席箕遍满天山下”“席箕草断城池外，护柳花开帐幕前”“席箕风紧马豨豪”……芨芨须根粗壮，高两米以上，多年生，芨芨秆光滑、坚韧，秆筷子粗细，非常耐磨，是打背斗、编筐篓、扎扫帚、编草鞋、搓绳的上好材料。

石炭井的坡谷上生长着茂盛的芨芨草，相关地名也很多，有白芨沟、汝箕沟等。石炭井的西北风吹得裂石头，刮得倒树，可对芨芨无可奈何。风大时吹得芨芨一倒一大片，风稍一小一停，芨芨又能站起来。到了冬天，大雪覆盖了太多的蒿草荆棘，只有芨芨站立雪中，成为最壮观的风景。

母亲说，父亲第一次带她去马莲滩，路上给她说，来石炭井的路上，看到山和沟赤裸裸的，几乎看不到草，更别说树了，一路荒凉得风都流泪哩，好不失望。宣传材料上说塞上江南，想来该是不错的，哪里想到石炭井是这么个地方，一车的人都大骂上了大当，有的人一下车就掉头回家了。可进入石炭井，看到山坡沟谷到处芨芨飞白，像云落到了地上，拔了几根在手里掂掂，一下子心里踏实了，就下了扎根下去的决心，这么好的东西漫山遍野的，还有啥怕的，活得了，饿不死。

父亲上好的草编手艺来自家传。

山东老家的草编历史悠久，泰安市大汶口文化遗址中出土的器物就表明草编于6000年前就已在那一带出现了。老家人多以跑脚为生，我家就是跑脚世家。大水村几乎人人都会打草鞋。跑脚出门前，打草鞋是一门功课，一打三四双，途中休息的间歇，也要打草鞋。每走到一地，会根据店老板赠送草鞋的情况来选择住哪家店。

每年白露前后，芨芨长到一人多高，穗缨飞白，长风掠过，银浪翻滚，就像云海一样壮观时，父亲就上山进沟拔芨芨，在我家院子里靠墙堆起一个老大的芨芨草摞。待芨芨风干后歘皮，打背斗，编筐篓，扎扫帚，编草鞋，搓绳专扎扫帚，卖了补贴家用。扫帚家家要用，从小就记得父亲只要不上班，就坐在院子里扎扫帚。歘了皮的芨芨秆，一片银白。

记忆中，父亲从矿上回到家总是坐在芨芨上，就像一只勤劳的蜘蛛，没明没夜地编织着生活。我们小时候围着父亲，父亲会用一根芨芨左折右曲编织出人物、动物和桌椅板凳等，甚至编织出一所学校。

背篼、筐篓、扫帚、草绳、草鞋是人们日常生活中的必需品，人们都来买，可芨芨背篼扫帚结实，一用几月一年。于是每逢集日时，父亲和大哥就大背篼套小背篼、大筐篓套小筐篓背着去赶集，远远看上去就像一人背着一座塔。以物易物也是常事，五谷粮食，鸡鸭鹅兔，还能换各种票证。

靠着父亲打编芨芨的收入，我们家与许多半工半农之家相比，日子过得还是比较松宽的，可是进入了“文化大革命”十年，我们都是半大小子，正是能吃的十年，日子渐渐不好过了。问题是随着运动纵深开展，集市出问题了，由三天一集变成了五天一集，又由五天一集变成了十天一集，集市上抓投机倒把犯，赶集的人也是越来越少，集日萧条了，背斗筐篓草绳草鞋这些东西卖不掉就是个闲物。可芨芨年年都长出来。一个集日，父亲嘬着烟盯着一堆背篼筐篓扫帚发愁，一个卖猪娃的老汉过来问他的背斗换不换猪娃。父亲正想捉猪娃回去喂上过年，就换了两个猪娃，没想到在回家的路上就让人从手里掴腾了去。父亲开了窍，能换啥就换啥，羊羔猪娃，油盐酱醋，五谷杂粮，水果蔬菜……换下回到村里再掴腾，这样打编出来的东西就剩不下了。又一个集日，父亲在集上正和人交换，就给“红袖箍”抓了。本来没事，教训一顿也就放了，可父亲有些憋气，跟人家争了几句，被关押了起来，后来还是矿上出面把人要出来的。

日子越来越不好过了，家里攒下的以防万一的钱也全拿出来。到了山穷水尽的地步，得借钱了。向谁去借呢？家家日子难过，竟然没有一个目标。父亲在街巷里漫无目的地走着。他碰到了董彦军。董彦军虽是个二混子，但他家的情况比我家的要好，一是孩子少，一是董姨转成了城市户口，虽然自己没有工作，但孩子是城市户口，吃上了供应粮，这能省很大的开支。父亲掏出烟锅装了一锅烟——父亲一直抽旱烟，纸烟要票，而且还贵。父亲往口里塞烟锅时说，你吃不？董彦军说吃。父亲就把烟嘴在胳肢窝里捋了两下，递给了董彦军。董彦军接过去咂了起来。父亲问你咋了，脸色寡白寡白的。董彦军摇摇头说，你干啥去？父亲已经顾不了面子了，说我想去借点钱。董彦军摇摇头说，你看看这街上，能找谁去借钱。父亲说借不上钱真还活不下去了。董彦军说求人不如求自己。父亲说怎么求己？董彦军说卖血呀。父亲大吃一惊说，啊？你卖血了？董彦军说不卖血就得吃人了。董彦军把烟锅还给父亲，摇摇晃晃地走了。父亲站在那儿吃了一锅子烟，就往医院去了。卖血时他才知道自己的血型十分稀缺，被称为“熊猫血”，挺值钱。父亲买回粮，母亲问借的谁的钱？父亲想了想，实话实说了。母亲说你咋能卖血，男儿……父亲打断母亲说快给做着都让吃吧，你看一个个眼睛都红了，吃人哩。又说，经常卖血献血，对身体好哩。母亲哭了，说你咋能卖血呀！你要有个三长两短，家就塌了天了。

父亲买回了粮，才吃了一顿，几个人冲进家里，把粮食全装进袋里提着就走，母亲扑上去抢粮，被推了个坐墩，坐在地上嗷嗷哭叫说："你们还让人活不活。"父亲也被带走了。原来是卖黑粮的黑蛋给抓了，把父亲供出来了。父亲被关了三天背了个处分，可粮食永远被没收了。

坏事能变成好事，还真是的。那天，巴特尔（他告诉我他的名字是蒙古语"英雄"意思）来叫我去沙河边玩。因为吃的饭食中洋芋太多，又给风一灌，胃里火烧火燎的，晚上多半还是以洋芋为主，我眉头紧蹙。巴特尔问我咋了。我本来不想跟他说，巴特尔是新转来学校的，我担心说了我家买粮吃，巴特尔就会知道我家是二分之一家庭，就会看不起我，说不定以后再不跟我交往了。现在想来小时候真傻，这是今天不知道明天就知道的事，纸能包住火？何况他给了我一把牛肉干，我就说了。巴特尔一点都不惊讶，他说你爸真傻，咋能找那些粮贩子买，咋不找我爸买粮？许多人都找我爸买粮哩。我说你爸当工人，还当粮贩子？他说不是，我爸就牵个线，我们艾里人家有粮卖哩，还能买肉，买皮毛。

艾里指村子、村落、村庄，也有户、家的意思。内蒙古的行政级别大多保留了蒙古语称谓：盟相当于地级市、地区，旗相当于县、县级市，苏木相当于乡、镇，嘎查相当于行政村，浩特是城市。石炭井矿务局业务范围包括许多内蒙古自治区的嘎查，比如宗别立苏木下田嘎查。

我回家后把巴特尔说的跟娘说了，第二日父亲就去了巴特尔家。我要去，父亲不让我去，我好不生气，这还是我的情报。父亲提着粮回来，坐在炕上就感慨说，蒙古族人就是直，我说为了保险，咱们向外就说是结了干亲，别把你给牵连了，巴特尔的爸听了说咱们就结个干亲。我说我是说人要问起粮的事就说咱们是干亲。巴特尔说我是说咱们就结个干亲。我说结干亲会连累你哩。他说能牵连个啥，我一直想着跟你结个干亲哩，你这人口碑好得很。

父亲拍着我们的头说，记着，以后咱们跟巴特尔家就是干亲，我和巴特尔的爸是干兄弟，你们和巴特尔是干兄弟，粮是借的。又说听到没，说出去就是灾祸。我们说，爸，你们真的结干亲了？父亲说这还有假，蒙古族人认真的很，今儿的米面是他送的。我们说，爸，你们磕头喝鸡血插香咧？父亲说哪里那么啰唆，我们摔跤。

母亲做了饭，说以前吃的全是陈粮，热气腾出来，一股霉味。

几天后，巴特尔和他爸来家里，提着一只羊羔子，一路跟人说是走干亲家。父亲真的拜干亲了。不久，父亲去了巴特尔草原上的家"认门"，看望干爷干奶，带着徒弟们年节送的烟酒，当然也带了些背篼、筐篓、扫帚。从此，父亲就经常去草原上了，带回粮、油、肉。走的时候捎着背篼、筐篓、扫帚，还带了人来买。这些在牧人家里，都是最常用的。

结了干亲，对我们家的生活有了很大的提升。牧区在入冬前，要宰乏羊，就是将膘情不好难以越冬的羊宰杀，这样还可收一张皮。干爸经常和父亲去买乏羊。乏羊很便宜。其实有些羊也不是有多"乏"，就是瘦一点。羊头、杂碎，骨架可是乱炖的上好材料。还有布票。蒙古族人穿长袍，牧民每人每年发布票都比宁夏这边要多，他们还有皮子穿，一件皮袍能穿多年，布票有多余的。

当然，假期我们是要去草原上做客的。我们一家第一次去可隆重了，干爸家给我们每人都献了哈达，围在我们的脖子上。我也知道了哈达是给最尊贵的朋友的礼物。进了蒙古包，我们席地而坐，面前摆满了花生、核桃、羊肉、面点等食物，干爸还宰羊，念祝词，竟然把血放到地上不接。在我家不要说宰羊，就是宰只鸡，母亲也要把鸡血接下来，和成血面，吃鸡血面的。巴特尔告诉我，他们必须要让血流干净。羊肉是大块煮熟，每人一把小刀从大块肉上割下吃。干爸请父亲吸鼻烟。巴特尔说这是最尊贵的客人才有的待遇。

之后每逢节假日，干爸就套一辆架子车，让巴特尔带着我们去他家，说亲戚越走越亲，越撂越生。母亲对我们说你干爸憨厚啊，这是让你们去吃粮哩，这情要记一辈子啊。母亲只许建党、大双和我去，这是因为我们去了还能帮干爸干点活儿。我们出门时，母亲总会告诫我们去了眼窝子要活，要能看见活，更不敢偷懒。

巴特尔家在广阔的草原上，草原永远蓬勃着火一样的生命力。我们认识了太多的植物和动物。沙兰、铁线莲、风毛菊、三色堇、兔唇花、百里香、婆婆纳、天仙子、金露梅、地蔷薇、锦鸡儿、党参、黄芩、肉苁蓉、野山莓、王不留、鹅不食、女蒿、苦马豆、盐爪爪……它们是一茬一茬的你方开罢我绽放，红柳、芨芨草、骆驼蓬、哈木儿、达乌里胡枝子一丛连着一丛，沙蒿、锦刺、牛尾蒿、野大麦长得像大树一般。鹰、隼、雕、鸨在蓝天上盘旋；牛羊、骡马、骆驼在草地上显得悠闲而尊贵，沙胡燕儿在它们身边背上呢喃啁啾。额娘根本不让我们干活儿，说你们和巴特尔去草原上看羊和牛，就是干活。我们还搞上了副业。草原上是中草药的宝库，甘草、秦艽、苁蓉、锁阳、地骨皮……我们满载而归……

就此打住，我会单独去讲述。

巴特尔后来成了大牧场主，我在深圳用的牛羊肉全来自他的牧场。

穷人家的孩子早当家。这句话用到我们半工半农矿工家庭的孩子身上是贴切的，从小我们就有属于自己的活儿。

拣煤是贯穿始终的主要活路。上学后我们利用周末和假期拣煤。路上就有散落的煤块，不过我们拣煤的主要地方是矸石山。矸石里面常常混有煤块。矿道直达高高隆起的矸石山顶，矿车翻斗翻下，矸石夹杂着的小煤块就从矿道两侧倾泻而下。我们不是躲开，而是迎着滚落的矸石块冲上去，因为煤块就混在矸石中，因此身上常常被砸得青一块紫一坨的，有时被砸破了头，就直接滚落下去。刚刚出矿的矸石和小煤块冒着腾腾热气，臭鸡蛋味儿直闭人气，烫伤也是经常性的。后来我跟许多人谈起拣煤，他们都不理解挖煤的怎么会没煤烧。是啊，挖煤的烧煤也需要去买，只要是需要花钱去买的东西，对我们这样的家庭再便宜也是贵的。石炭井的冬天是很冷的，三九天更是了得，加上无休止的西北风、西西伯利亚寒流，气温要比大武口、银川低五六度，有的鸟直接冷得从天空跌落下来，而且冬天漫长。父亲给我们都编了大大小小的背篼，后来母亲用矿上废了的风筒布做成有背带的口袋给我们用，就像现在流行的双肩背包。拣煤的人多，往往成群结伙的，为了一块煤疙瘩，打架是常事。在打架上我们是不吃亏的，我们四家大大小小十几个孩子，虽然在家里经常骂仗打架，但只要出门就是一个整体。

我们都非常厌烦拣煤，然而到了冬天，当我们守着火炉，烤着土豆、红薯、馒头甚至是麻雀、鸽子，炒着玉米、豆子，或者当一口大黑锅坐在炉子上，乱炖在锅里咕嘟咕嘟欢叫时，第二日不用大人指派，便都很自觉地上了研石山。

再就是去戈壁荒漠里挖甘草、生地、柴胡、锁阳、肉苁蓉，这是我们石炭井周边常见的几种草药，有专门收购的，也用来泡酒。当然，挖的人多，近处很难挖上，得到很远很远的地方去，都是一大早就出门了，直到晚上才回来。

石炭井山里蝎子很多，蝎子是药材，供销社专门收购。有一段时间，我们专门逮蝎子。

捉蝎子要好几样工具：绳子，一截小铁棍，塑料壶，镊子，蝎子灯。绳子和小铁棍、塑料壶家里有，可最重要的两样镊子和蝎子灯没有。蝎子怕光，晚上才出来活动。蝎子灯可不是普通的手电筒，是专门捉蝎子的灯。这灯射出紫色的光，照在蝎子身上，蝎子就会发出荧光，蝎子就像一疙瘩水晶。可一个蝎子灯几十甚至上百元哩。有蝎子灯，一晚上多捉一两倍的蝎子。收蝎子的老瓜有蝎子灯出租，没钱能拿蝎子顶，一晚上逮的蝎子，大部分都顶了灯钱，最后落下的并不多。长一点的能捉蝎子的镊子，也要十几块钱。但凡要花钱买的东西，对我们来说都是很贵的。父亲用钢丝做的镊子太硬，力度不好把握，轻了夹不住，重了就把蝎子夹死了。蝎子喜欢干燥，把窝造在背风向阳、植被稀疏、土石相杂的山坡地的洞穴、崖壁的裂缝里，窝口光滑，有灰白色的粪便。找蝎子时把洞穴、崖壁的石片土块撬落，蝎子就奔跑出来了。蝎子怕风，对它猛吹一口气，蝎子就伏在地上一动不动，尾巴上卷，如临大敌，你要眼疾手快夹住它的尾部，否则一眨眼就不见了。因此，一把好镊子很重要。

牛仔衣虽然捆得人难受，可穿着捉蝎子再好不过了。捉蝎子的衣裳就要紧身紧口，而且要厚实，蝎子叮不透。将裤腿装进去，用麻绳扎紧，蝎子就钻不进去了。吃过饭就可以出去捉了。母亲一度在家里收蝎子，一天能收三大洗衣盆。

起初只是孩子们逮，后来连大人都请假来逮，逮一天等于上几天班，结果漫山遍野都是逮蝎子的人，一块石头不知道一天给人翻多少次，近处的蝎子少了，我们只能走向更远的地方。

后来，出了一件事。一天，猪头（名字叫朱成山）捉了一罐头瓶蝎子，因为太累、太困，回到家躺在炕上就睡着了，放在炕上的装满蝎子的罐头瓶子，让他蹬到地上打碎了，蝎子爬出来，像是复仇一样，把猪头叮咬得整个人肿得没了眉眼。猪头爸下井了，他娘在农场，发现时猪头浑身都冰凉了。

最后把起因找到了收购蝎子的供销社等单位，纠缠了老长时间，收蝎子的点都撤销了，逮蝎子也就此终结了。

第九章

父亲回了石炭井，我也考虑回迁了。十几二十年搬父亲的过程，把我搬入了知天命之年，这一搬迁过程也是搬迁我自己的过程。知天命之年仿佛是一个开启回忆的时段，过去的时日渐渐清晰，不仅仅是潜入梦中，而且潜入日间，时不时恍惚你一下，让你回到已经逝去的岁月。然而，我得打理好这边，回去得有事干，否则父亲会不安的，他会觉得是连累了我们。

孙桂芬却显得急不可待，立马就要回去，她说这边撂给你了，我回去照顾父亲。孙桂芬啜泣着说八十岁的人了，身边时时刻刻缺不了人，我不能做个忘恩负义之人。我说难道我就愿意做个忘恩负义之人？她说我看你有那个趋势哩，我知道你对爹有看法……你没有看起过爹。我拍着桌子说你当他只对你有救命之恩，他对我的恩比你大，他给了我生命，又把我抓养成人。她说那我们就回呀。我说总得想好回去了干什么吧？

你想想，回去就那么坐定了吃，他心里能安生？肯定会觉得是他连累了我们。孙桂芬说你不回去，坐在这里能想出来回去干啥？我说那这边总得安顿好吧……她说有啥安顿的，我们开的两家店承包给蒋师傅，他只会经营得比我们好，不会比我们差，加盟店我们只是操心管理，回到石灰井，我们继续发展加盟店，再投资干点别的，那边现在也振兴哩。我拍了她一巴掌说，孙总，好样的，我那时候没看错你。孙桂芬说，你没看错我？是我没看错你！

我们都笑了。

我结束了待业状态进入春光厂，也进入了恋爱状态。

我的第一个恋爱对象是谭小秋。谭小秋摆了个烟摊，我经常去买烟。谭小秋爱笑，她很有味道，有点像《渡江侦察记》中那个脖子上挂个烟箱叫喊“香烟洋火桂花糖”的女子，只不过人家是游动叫卖，谭小秋则是摆在学校门口。她还卖些学生喜欢吃的零食，夏天卖糖水冰棍。她的烟除了卖给老师，也卖给学生，卖给学生时是真正的零售，是一根一根地卖。

很快家里人就知道了我和谭小秋在恋爱。母亲说：“你早早跟人家断了。”

我说：“为啥？”

母亲说：“我说不行就是不行。”

我说：“我就要娶她。”

母亲长叹一口气说：“她是农村户。”

我说：“农村户咋了？你不是农村户？”

母亲停顿半晌说："你得找个城市户，你有一份正式工作……"

我说："我就要找她，没正式工作咋了，你还给我讲我外婆那时如何阻拦你和我爸……"

"你不知道日子有多难……"母亲落泪了，说，"就是因为我是农村户，生了你们几个农村户，吃个啥人家是分的，咱们是买的……你看你爸多苦……"

我愣了愣，转身就往出走。走到门口说："饿死我也愿意，我就要娶她！"

母亲倒是同意了，可小秋家人不同意，她父亲找上门来说，小秋要嫁一个有正式工作的城市户。

第二个是余子梅。余子梅老家遇了大旱，她一家人逃荒逃到了石炭井后，父亲打零工，母亲靠一台补鞋机，既补鞋，也做鞋，余子梅卖鞋和鞋垫，整天坐在修鞋摊上绣鞋垫。

母亲知道后又反对了，当然还是因为她不是城市户，没有正式工作，可说出来的理由则是："她名字有个梅字，重了娘的名字哩。"

我说："封建思想，你还把自己当皇上哩，名字也不让人重！"

我才不理会母亲的反对。子梅漂亮，自然会惹人纠缠，我因此跟地痞打过好几架。一次打完架回到家，我靠在墙根洗染上血的衣服，父亲和母亲的说话声从窗口飞出："上午，跟几个地痞打架，满嘴血痕。中午，跟几个地痞打架，满脸血痕。下午，跟几个地痞打架，满头血痕，我看连老天爷都阻拦不住。"

"那也不行，娶个农村户，啥都得买议价的，生下娃又是农村娃，这日子没完没了的……"

“矿上城市户少，想找上难哩。农村户就农村户，咱们这不也几十年过来了，这两年改革开放，以前不允许的现在都允许了，日子不难过。”

“你太苦了，”母亲说，“再说她还不是本地户口，属于盲流……”

“现在不讲盲流了。”

洗了血染的衣服，我刚从院里出来，卷毛给我招手，我们来到沙河边，一人点了支烟。

卷毛问：“接吻了没？”

我说：“没。”

卷毛说：“都多久了，还没接吻？你怕接吻怀孕？”

我捣了卷毛一拳。

卷毛说：“那你们约会都干啥？”

我说：“散步，爬山，赏花，看云，看电影。”

卷毛说：“现在满大街都是录像厅，武打声、哼叽声振聋发聩，挡得人走都走不过去，谁还到电影院去看破电影？现在谈恋爱都去录像厅，看琼瑶片，看港台片。”

又过了几天，卷毛问：“看了？”

我说：“看了。”

卷毛说：“接吻了？”

我说：“你就老想着接吻。”

卷毛说：“连吻都没接？那么多接吻的镜头，你们没受感染？她不许？”

我说：“我，我，我没敢。”

卷毛说：“接吻又不会怀孕，你怕啥？”

我说："我，我，我怕她不高兴。"

卷毛说："不高兴？你看录像上那些女的，一个比一个漂亮，接吻她们不比谁高兴？一接吻她们都软在你怀里了，不接吻她们才不高兴哩。"

我嗯嗯嗯地应着听他说："你得主动向她进攻，她是女的咋会主动？"

我说："太主动了，叫人家还当我这人不正经。"

卷毛说："你不主动，她会觉得你有病的。"

我说："还是水到渠成的好。"

卷毛说："等你把渠修成了，水早流到别人的渠里去了。你得主动，甚至粗野，女子都很虚伪，心里想着要你那样，可她表现出来的偏偏是这样，反抗就是半推半就。多带着看几回录像，就水到渠成了。"又说，"谈恋爱女的脑子都是反着来的。"

我带着余子梅看电影，票是卷毛买的，说是爱情片。电影里出现接吻镜头时，余子梅低下头，我理解为她有那意思，何况电影中接吻的是一对感动人的好人。我搂她接吻，她挣扎，我理解为她是在半推半就，就继续进攻。余子梅开始反抗，我更理解为是一种做作。余子梅急了，一拳捣在了我的裤裆，又给了我一个大嘴巴，骂了句"流氓"便跑了。这让人好不郁闷，我回去捣了卷毛好几拳。我找余子梅想修复关系，可余子梅还是骂我流氓，说我要流氓欺负她，哭着跑了，再见面就陌如路人了。

第三个是魏娜。这场开始于稻菽飘香的金秋时节的恋爱，还没等到姹紫嫣红的春天的到来，就结束了。要说这分手的原因，还是跟看录像有关。那天，我们看的一部电视剧里拥抱接吻的镜头又多又长，看得我耳红心跳的。更诱惑人的是旁边就有接吻的，甚至接出了吧唧声。我偷眼看看，他们还互相摸，两个人摸得吭哧吭哧的。魏娜往我跟前靠靠，我也往魏娜跟前靠靠。我几次想摸摸魏娜，最终手是伸过去了，也只是攥了手，手都攥出了汗水。我倒不是不想接吻，也不是不想摸，而是害怕魏娜生气翻脸，也觉得有些不正经。既然要做夫妻，这些活儿结婚后有的是日子做。有一回，我鼓足勇气，大胆伸手去搂魏娜，后面忽然传来一声莫名其妙的大叫，把我的手给吓回来了，结果看到半截，魏娜忽然站起来就走了。我愣了一下，追出来时，魏娜已经上了自行车。

第二日我去找魏娜，魏娜冷冷地说了句："以后别再来找我。"我知道问题的根源所在，觉得有必要把话说明白，可是魏娜不愿再见我。我就到厂门口去等，我一定要等到魏娜，把魏娜带到录像厅去，录像里怎么干我就怎么干。可魏娜以为我要纠缠她，就一直躲着。我就潜伏在魏娜出厂必须转弯的地方堵住了魏娜，可魏娜和一群姐妹同行，还不等我开口，魏娜说："求求你，别再纠缠我，你不行。"

她的姐妹都刷地看向我。我真是喜欢魏娜的，追着她说："再给我一次机会……"

魏娜说："不是不给你机会，是你不行，咱们再不要见面了。"

魏娜匆匆走了，几个姐妹却堵截住我，集体说："别再纠缠我，你不行。"

"不是不给你机会，是你不行。"

"你不行，还追啥？"

就这样，"你不行"就像一个段子，广泛地传播了开来。

"不行"是个很暧昧的词。纺织厂有个老光棍，一直找不上对象，原因就是“不行”。他“不行”的原因是他的名字害了他，他叫李连英，就有了绰号“太监”。虽然他与李莲英音同，且有一字之差，可谁管那么多呢？朱峰还不是被人叫“猪粪”发展成了“猪屎”，何况人们认为李莲英是个太监，怎么会用“莲”字？太监本是个绰号，可叫着叫着人们真怀疑他生理上有什么缺陷。哪个女子愿舍身去验证？结果他越来越颓废萎靡，人们越发发现他像是真的“不行”，竟有热心人为他介绍偏方。

值得一提的是，“我不行”这句话是一把双刃剑，不但影响到了我，也影响到了魏娜，大家都觉得她已跟我做过那事，才知道我“不行”。对于一个姑娘，这是多么不自重。魏娜名声就坏了，费了老大的劲调走了。要知道那时候的石炭井可是如日中天，人都挤破头往进调，调离石炭井那是要有壮士断腕的精神的。

魏娜给我写信说：“你害死我了。”

我回信说：“你才害死我了呢。”

魏娜回信说：“我说的不行不是那个意思……”

我回信说：“那你给人去解释呀。”

魏娜回信说：“越解释越不行，妈的。”

三次失恋人人尽知，谁能不受打击，石炭井说到底还是小，好心人又太多，我实在不愿意见人，上下班精神萎靡，老发痴呆。休息日常常独自走向山野。这把母亲吓坏了，母亲担心这样下去我会像郑玉一样抑郁了。郑玉得了抑郁症。那时候人们对抑郁症是不怎么知道的，石灰井人正是因为郑玉才知道有一种病叫抑郁症。那时候石炭井有天津、上海来的大夫。一天，郑玉不见了，人们在山谷的悬崖下找到了他的尸体。

从哪里得的病还得从哪里治，是于是给我介绍对象成了一家人及左邻右舍一段时间的中心工作。我又陆续谈过几个对象，结果都是短时间内就随风而吹，一是因为在我的“不行”的背景下，来相亲的对象都长得有些“落后”，一是我还没有从失恋的萎靡中解脱出来，见面不在状态，常常走神发呆，结果又有了我神经有些不正常的传说。真像是咒语，我陷入了郁闷，烟是越抽越凶，话是越来越少，再介绍来的对象，偏着头盯着人家看，眼神怪异，表情木讷，一言不发。

母亲着急了，说这么下去别再得了抑郁症……

父亲长吁一口气，丢下手里打编的芨芨，站起来往出走，却与进门来的孙叔碰个满怀。孙叔拉了父亲去馆子里喝酒。父亲说去啥馆子里，让喜梅做乱炖。孙叔说那我去买酒。父亲说酒有。母亲才开始洗菜，他们就一人一根黄萝卜就着喝上了。孙叔说：“小双在不？”

父亲说：“在里面睡着哩。”

“叫起来喝酒。”

“他喝啥酒。”

“遇上这种事，喝酒会好点。”

孙叔推开门看了我一眼，轻轻叫我：“小双，出来喝酒。”

我装做睡着了。

孙叔说：“小双看上去很健康的，有一次我碰上做俯卧撑做得人眼花哩，咋就不行呢？”

父亲说：“唉，都是人胡说哩，现在说话不负责任的人多了，好像不说别人的坏话日子就没味儿了。”

孙叔说：“小双失魂落魄的，别出个啥事，他和桂芬从小就粘在一起，她又是你从沙河里救下的，嫁给小双也算是报恩，咱们做主，干脆给他们办了。”

父亲说：“胡说。”

父亲从沙河救起桂芬后，这些年我们两家跟亲戚一样走动，父母把孙桂芬当女儿。

孙叔说：“当时没让桂芬拜干爸干娘，我就是想着有这么一天结亲的。”

父亲说：“那也不行，这是啥话？新时代，婚姻自由，咱们只是搭个线，他们能处得来当然好了，处不来强扭的瓜不甜，再说小双要真是有啥病，不害了桂芬？我也不忍心哩，别逼娃。”

孙叔说：“那好吧，我让桂芬去陪陪小双。”

父亲说:“不是陪,是他们从小耍大,又是同学,说说话可能会好些。”

又说，“千万别为难桂芬。”

孙桂芬比我们低两级，我们学校是初中和高中在一个学校。母亲给我们说，你们每天上学时带上妹妹，不要让人欺负了。孙桂芬嘴很甜，很黏我们，我们真就把她当妹妹呵护，看电影，爬山，踏青，甚至干坏事都带着她。我们打篮球她就是主力啦啦队，给我们鼓劲加油。孙桂芬高中毕业又复读了一年，分数反而差得越远了，干脆就不念了，跟随春枝婶摆凉皮摊子，等待机会招工。

孙叔回去就给孙桂芬下了命令。

孙桂芬来了，我就坐在房顶上。

“小双不行”的话孙桂芬当然也听到了。孙桂芬后来告诉我，一段时间“小双不行”成了姐妹们的热门话题，我和魏娜做过那事是被充分肯定了的。二十世纪八十年代初，社会风气突然就活跃开放起来，没结婚做那事的似乎不稀罕，甚至有刮宫流产的。姐妹们不无遗憾地说，想想他投篮那一刻，跳起来，身子往后一仰，篮球画着弧线飞出去，球网唰一声，哇，能把人晕死，那么壮实潇洒的一个人，咋就不行呢？唉，要是行多好啊。也有姐妹怀疑地说，他跳起来能在空中比别人多停几秒，一扛把别人扛一个跟头，做几百下俯卧撑气都不喘，会不行？怕是两个人谈崩了，魏娜坏他的名声。有姐妹反驳说，不会，有拿这事坏人名声的？那自己的名声不也坏了？魏娜自跟他找了对象，见了咱们张狂的，就像俘获了白马王子，肯定是他不行。金无足赤，人无完人。老天爷不会把所有的好处都给了一个人，再完美的人也有缺陷，绣花枕头多哩。

有道是女人一白遮三丑，男人个高遮三穷。这里需要做个说明，不是自我吹捧，我长得帅哩，浓眉大眼，两腿修长，两手垂膝，麦子色皮肤，胖瘦匀称，尤其是个头高。

孙桂芬说姐妹们推搡着她说，要不你去试试？真不行你也没啥损失，要是行你可就捞着了，挽着胳膊出出进进，多美。其实跟他谈谈也好哩，谈又不一定结婚，你看张寡妇几天换一个对象，越来越有风采哩。张寡妇不是寡妇，也是她们一个姐妹，谈恋爱谈疯了，三天两头换对象，大家就把她叫了寡妇。一个说有一种爱情叫什么柏拉图式爱情，说只有精神上的恋爱，肉体上不结合。另一个说要是有这种爱情的话，那也轮不上咱们，孙桂芬是吃素的？一个说对了，孙桂芬肯定早就试过，发现我不行，早早闪人了，不然能轮上魏娜？两人多亲密呀，从穿开裆裤就一起鬼混到现在，孙桂芬你老实坦白。姐妹们就骂她叛徒内奸工贼，和她玩缠撕扯到一起。她一枕头砸过去，一个说看看看，急了吧？让我说对了吧？另一个说孙桂芬，有句成语叫东食西宿，你找两个吧，在小双家吃饭，再找个男人睡觉，都不耽误。一个说孙桂芬，其实也不用那么麻烦，郭家双胞胎不会都不行吧？跟大双睡觉，跟小双吃饭，两个都长得帅呢么。孙桂芬扑过去，姐妹们就又撕扯到一块儿了。又传出你要流氓的话之后，姐妹们彻底失望了，说他咋是这样的人啊？真不要脸！有姐妹说看不出他是只披着羊皮的狼啊。有姐妹则说越不行的人臊劲越大。

孙桂芬说父亲救了她之后，她娘说反正老郭没女儿，让拜个干大（孙桂芬家来自陕西，把父亲叫大）。她大说不拜干大，大了结亲家，我侧面打听了生辰八字，跟大双小双正合适哩。那年她12岁，知道害羞了，听得羞红了脸。我开始处对象时她就开始疏远了。我失恋后，萎靡颓废，她很同情，约我看电影，爬山，踏青，可我没心情，她就硬拉我去，还说这么经不住打击呀。后来“小双不行”的话传出来了，她听了很吃惊，她也断定我们之间做了那事，没结婚两个人就做那事，简直恶心死了。接着我轮番相亲，个个不成，又传出了“小双要流氓”的话来，她也就再不理我了。孙叔让她陪陪我，她呸呸呸地说恶心恶心。孙叔说你就跟小双处一处吧，这么下去会得抑郁症的。她说得了抑郁症活该。孙叔说没有你郭叔就没你了，你就当报恩吧，你们从小玩大，就像兄妹，小双也可怜着哩，不行了也不勉强，也算给你郭叔有个交代，救命不救命的不说，你叔你婶可一直把你当女儿哩。她咬咬嘴唇说，那就一个星期。孙叔说，那你还不如不陪哩，大就把这张老脸伸到你郭叔怀里说你打吧，打这张无情无义的脸吧。最后她和孙叔达成协议，就一个月。孙叔警告她说，你不能表现出是被逼的，有点同情心，一定要好好处，外面那些说法都不可信，我就不相信，大双小双在我眼皮底下长大的，没病没灾的，一天做几百个俯卧撑白做了？人的嘴，要是放在戗风岗岗上，跟尿壶一样，都能吹出声音来哩。

第一次见面，孙桂芬忽然就咯咯咯地笑起来。我没笑，孙桂芬也就止住了笑。我说："该我笑了。"我哈哈哈大笑起来。笑完就摆出了一脸阴郁，唉声叹气的。

孙桂芬说："难怪你这么背，原来神经上真有问题了。"

我说："奉命而来？"

孙桂芬用鼻子"哼"了一声。我说："没听说小双不行、小双要流氓之类的话？"

孙桂芬生气地说："你还有脸说？呸！"

我说："怪了，我是你哥哩，你平时不叫哥不搭话的，今儿咋不叫哥，还呸我，说话那么难听。"

孙桂芬说："今儿不是叫哥的日子。"

我竖个大拇指说："这话说得好。"

我们沿着沙河走着。

我说："准备跟我谈多长时间？"

孙桂芬说："你啥意思？"

我说："我知道孙叔给你下了命令，孙叔肯定说就当报恩吧，你又孝顺。"

孙桂芬说："这你倒不糊涂。"

我说："我不行，脑子要再不好一点，还咋活？"

孙桂芬盯了我一眼说："那你希望是多长时间？"

我说："无所谓了，可你跟我接触真不好，人的名声坏了就好不起来了，怎么说我也是你哥，总得为你着想。”

孙桂芬说：“你是谁哥呀？”

我说：“我跟大双两个是分不清楚，可跟你分得清楚，你比我小三岁，我不是你哥？谁惹了你，不是我给你出气争狠？你认不认是一回事，我得有个做大哥的样子吧？”

孙桂芬说：“还说得挺高尚的。”

我说：“也不耽误你尽孝，咱们约个时间，孙叔下班回来，咱们准时到他面前晃悠一下，表明咱们正处着哩。”

孙桂芬不说话，沿着河岸走着。正是春天，百花齐放，百鸟争鸣的。

我说：“散吧，走的时间越长看到的人越多，名声越大。孙叔快下班了，你就在门口等我。”

孙桂芬说：“我看你真有问题。”

又走出一截，孙桂芬说：“我一直想问你一个问题，你跟大双从小就一直争着当哥，争清楚了吗？”

我说：“没有嘛，大双说他叫了大双，我叫了小双，他就是我哥，我说那还说不定给把后生出来的叫了大双。”

孙桂芬说：“也是哩，为啥叫大双就比叫了小双大？”

我说：“对呀，他说没有共产党就没有新中国，我说这比喻不正确，他又说大双不生出来，堵得小双能生出来？”

孙桂芬大笑起来说：“要说啊，他说的也有道理哩，你们是不好分，尤其是你们两个都那么坏。”

我说：“我比他好点。”

孙桂芬说：“你比他好不到哪里去，把我的辫子拴在窗帘拉绳上，又把我惹气，我一走把人拽了个跟头，头都磕破了。”

我说：“是我干的？你能盯清我们谁是谁？”

孙桂芬说：“可叔揍的是你啊，对了，说不定往我背后贴纸条插草标惹得跟了一路人看事儿，都是你干的。”

我说：“我爸揍的是我？你盯清了？他能分清我们谁是谁，揍对了人了？大双贼得很，做了坏事一拷问他就说他是小双，结果人家找来说我这长那短的，爸就收拾我。妈说小时候他爱哭，一哭娘就喂他，结果他老是吃几顿我才吃一顿，他吃得胀得直哼哼，我饿得直嗷嗷。”

孙桂芬捂着肚子笑着说：“别把你说得那么清白，你就没有这么做过？我可听大双说你老这么干哩。”

我说：“我只偶尔，他是经常，有几回他自己把自己装了进去，一次是他偷了酒出去和几个同学喝,又赖到我身上,爸给了他一个砍脖。”

孙桂芬说：“为啥？”

我说：“因为我嘴里没酒味，他嘴里有。”

孙桂芬咯咯咯地笑着说：“一模一样的两个家伙真好玩哩。”

我说：“好玩，你生个双胞胎试试？”

孙桂芬说：“你又耍流氓。”

我说：“这咋是耍流氓？女人都得生娃，这话啊就怕说者无意听者有心了。”

第二次见面，我说：“咱们上狼山吧。”

孙桂芬说：“为啥？”

我说：“这阵狼山风景正好哩。”

孙桂芬说：“是那里人少，你是想坏了我的名声吧？”说完就顺着沙河岸往前走了。

我说：“我不行，还要流氓。”

孙桂芬说：“这跟我有关系吗？”

我一笑说：“这对你真的不好，叫我多少哥了，哥咋也不能害了你。”

经过一家冷饮摊，孙桂芬说：“不请我吃个啥喝个啥？”

我说：“又不是谈恋爱，这么破费干啥？”

孙桂芬在一个冷饮摊上坐了下来说：“我请客，行了吧？”

我一笑，要了汽水。孙桂芬说：“我不喝汽水，我要喝粒粒橙。”

我说：“那太贵了。”

孙桂芬偏着头说：“你这么抠门，也许是你抠门造成的，谁要抠门人家也会说那人不行。”

我说：“你说错了，其实我还是很大方的，没少花钱的。现在我当然抠门了，既然是有今儿没明儿的事，花那么多钱做啥？”

孙桂芬要了粒粒橙。我说：“我看你啊，将来也是不会过日子的人。”

喝了一阵饮料，我说：“不跟你打嘴仗，散吧，怎么说咱们也是兄妹，我没事，真的，就是有些想不通，思想上短路，过几天就会好的。”

孙桂芬说：“既然是兄妹，怕什么？”

我说：“毕竟不是真兄妹嘛，谢谢你，今晚我就去找孙叔说。”说着我掉头就走。

第三个周末，我还睡着，孙桂芬来了。

我说：“我有事，下周继续。”

孙桂芬说：“你有啥事？”

我说：“下午厂里有班。”

孙桂芬说："那这阵起来，我们出去。"

我说："算了吧，昨晚喝酒，可能喝了假酒，头疼。"

正说着奶奶进来了，捏着孙桂芬的手说："这么乖巧的媳妇来了，你还挺在床上，你要气死我。"

我只能起来，奶奶可是不敢气着了。用母亲的话说，奶奶来是辞路的，因为奶奶回去不久就去世了。

我抓起衣服就出门，孙桂芬说："你怎么连脸都不洗？"

我说："应付差事，你认哪门子真？"

我闷着头就往固汤河边走，孙桂芬说："上山。"

我说："在河岸走走得了，上山太远，逢场作戏嘛，这么耗时费人的做啥？"

孙桂芬说："你这人真是没情调。"

我说："还讲啥情调？等你真正谈恋爱的时候再好好情调吧。"

孙桂芬往山上走，我只好跟上去说："要是真正谈恋爱，狼山你可要好好走走，比沙河岸有情调。"

孙桂芬说："为什么？"

我说："静，幽静，鸟鸣山更静。更有花，每一朵都会香你。"

孙桂芬看看我，拉住我的手，我想抽出手去，孙桂芬直接抱住了我的膀子。

走到一块巨石面前，我说："就这石头上坐坐吧，赶中午还要回去哩。"

孙桂芬不回头，我说："我不走了。"

孙桂芬说："你自己破罐子破摔也就罢了，你把名声搞成这样，当我纠缠着你？恶心！”

我说：“咋是我把名声搞成这样？”

孙桂芬将手包砸到我的头上说：“难道是我把你名声搞成这样？你不耍流氓，会有这样的名声？”

我说：“冤枉啊，如果我要流氓，或许我和魏娜把娃都生下了，就是因为我没耍流氓嘛。”

孙桂芬说：“编，你咋就变成这样的人了？以前坏是坏，可还没坏到编谎耍流氓的份上。”

我说：“你也知道我以前没坏成那样，咱们是穿开裆裤时就一起耍大的……”

孙桂芬说：“你少说流氓话。”

我咯咯一笑说：“还比谁尿得高哩。”

孙桂芬扑哧地笑了，说：“还说你不流氓？”

我说：“我只拉过她的手，看录像，看电影，有那样的镜头，可我没和她接过吻，也没摸过她……”

孙桂芬红着脸说：“你没耍流氓，那为什么她会那么说你？”

我说：“哪么说我？”

孙桂芬说：“哎呀，就那……你不行。”

我说：“其实她也不是那意思，是说我不主动不开放不解风情，被人传来传去就传成那样了。”

孙桂芬说：“真的？”

我嘿嘿一笑说：“有一个跟我分手的时候对我说，其实你长得挺标致的，你要是行多好啊。我说你咋知道我不行？她说人都说哩，你也说你不行。我说那你就信了？咋不问他们咋知道我不行的呢？我们到底是在谈恋爱还是在做爱？我说要不你来试试，看我行不行？结果把她吓跑了。”

孙桂芬跺着脚说：“你真流氓。”

我说：“三人成虎，人言可畏啊！”

从山上下来，我说：“为了表达对你为尽孝作出牺牲的敬佩之情，哥今儿请你大吃一顿。”

进了同福居，我说：“你点吧，别心疼钱。”

孙桂芬就点了木炭火锅，我又点了椒盐猪蹄。

孙桂芬说：“不过日子了？木炭火锅够咱们吃了。”

我说：“好好吃一顿吧，我记得你有一回啃过四只猪蹄。”

吃饭时我沉默不语，孙桂芬说：“你咋不说话？”

我说：“我在思考，人思考的时候就会沉默。”

孙桂芬说：“看把你说得深沉的！思考，你思考什么？我还知道。那谁说，人类一思考，上帝就发笑。”

我说：“正好我有个问题请教你，你说下次我再谈恋爱，我该下手呢还是不该下手呢？下手了怕他们骂我耍流氓，不下手呢又怕他们说我不行，真难人哩，你们女的心里到底咋想的？”

孙桂芬笑着说：“还真难哩。”

我说：“我还是下手吧，先下手为强，后下手遭殃。”

这回孙桂芬没笑，说：“你不是下午要上班吗？”

我说：“噢，噢，忘了。”

孙桂芬抓起包砸到我的头上说：“叫你装，还装。”

我说："不装了，不装了，还不是为了你好。"

吃过饭，我把孙桂芬送到门口说："我的事你别操心，没那么悲观，我这段时间只是在思考，我怎么会得抑郁症呢？笑话！"

第四个周末，我说："今天是不是咱们最后一次约会？"

孙桂芬说："你说呢？"

我说："我估摸是最后一次，一般都会以一个月为限的，厂里下任务就是以一个月为限的，比如大干一个月完成什么的，我想你给孙叔答应的不会超过一个月。"

孙桂芬捣了我一拳说："你这人真是坏死了。"

我说："今天咱们看春山东峰。"

我们带了水，又买了些吃食。

春山有四大特点：寺、泉、径、洞。

据说在天音洞里许愿过后，可以听到天音。从天音洞出来，我问："你许了啥愿？"

孙桂芬说："你许了啥愿？"

我说："我许的愿是你请我吃顿饭吧。"

孙桂芬笑着说："我许的愿是你请我吃顿饭吧。"

孙桂芬说："你想吃啥？"

我说："西餐，前天才开业。"

孙桂芬说："啧啧啧，大方起来还就真大方，有品位。"

我说："吃别人，那得要吃出品位的，再说这是我们俩最后的晚餐嘛。"

孙桂芬说："我说的是你请。"

我说："最后的晚餐，还是你请比较合适。"

吃西餐的人真多，我们占到了最后一个角落的座位。我说："真还是最后的晚餐，餐桌都是最后一个。"

孙桂芬说："可以明天再吃，明天吃不上还有后天呢。"

我给她竖了个大拇指。坐下后，我说："把大双叫来，他正常，行哩，你这么好的人，咋也不能让别人给娶了。"

孙桂芬忽然跳起来就走，我忙扑过去拦住。

孙桂芬说："拦我做什么？滚开。"

我说："我错了。"

孙桂芬不坐。

我说："我真错了，错得离谱了。"

孙桂芬说："你一急还会脸红哩。"

我说："你敢冒险吗？"

孙桂芬说："啥意思？"

我说："嫁给我。"

孙桂芬说："你眼头高着哩，我敢高攀？找了多少人才来找我？"

第五个周末，我早早就醒了，洗漱打扮完毕，出了几次门，但都又返回来了。我想：如果孙桂芬有和我继续下去的意思就该来约我，没那意思我去约有啥意思？可一整天孙桂芬没闪面。我把自己灌了个烂醉。

第六个周末，我睡得一塌糊涂，孙桂芬却来了。奶奶大喊大叫扑进屋来，一把扯掉了我身上的被子。我揉着眼睛说："咋了，咋了？失火了还是遭盗了？"

奶奶说："桂芬，桂芬来了。"

我几把穿上衣服，不过走出来时很从容。

两个人一出门，我说："叔又逼你延长一个月？"

孙桂芬给了我一拳说："人家等了你一个周末。"

我说："我也等了你一个周末。"

第七个周末，孙桂芬说："带我去看录像。"

我说："你没看过？"

孙桂芬说："当我那么老土？"

我说："几个人去的？"

孙桂芬说："我想跟你看，可你跟魏娜看哩。"

我说："我不喜欢那地方，我怕去了那地方我不行。"

孙桂芬踢了我一脚说："再说这话，我可真生气了。"

这一脚正好踢在我左腿麻筋上，我腿一软一下子跪地上了，就对她说："我向你求婚了，录像上求婚都这样，就是手里少朵花。"

到了录像厅，两个人看到接吻的镜头时，我踌躇再三还是把孙桂芬的头揽了过来，悄声说："不敢再把你放脱了。"

我们接吻了。

连续看了两场，出来后，孙桂芬很激动。我说："接吻真的这么重要，是不是女的都看重这点？"

孙桂芬说："没看错你，你要是摸我了，咱们今天就结束了。"

我嘻嘻一笑说："我觉得接吻比摸一下罪过大，你不会怀孕吧？"

孙桂芬踢了我一脚，又捣了我一拳说："为什么开始谈恋爱的时候不跟我谈恋爱？"

我说："一直把你当妹妹嘛，爸妈一直把你当女儿哩，再说太熟了，没想起来你还可以当媳妇。”

孙桂芬笑了。

我说：“我也问你个问题，都说我不行，你真不怕我不行？”

孙桂芬咯咯咯地笑着说：“太熟嘛，知根知底的，尿得比谁都高。”

第八个周末，我提出了结婚，孙桂芬说：“这么急做啥？多谈些时日，好好感受感受么，你等不及了？”

我说：“我想早点证明我自己，好让你放心。”

孙桂芬脸一红说：“天长日久，证明你的时间多的是。”

两个月后，我又提出了结婚，孙桂芬说：“一结婚就没这么浪漫了，几个姐妹一结婚一下子就没意思了，你别担心，我肯定嫁给你。”

我就说：“也不是我急。”

孙桂芬说：“那是谁急？”

我说：“前两天大伯来信说奶奶怕是快不行了，让老爸准备着点，奶奶去世，一年内直系亲属不能婚嫁，以前三年呢。”

孙桂芬说：“那下月就结吧。”

新婚之夜人刚刚散去，我就猴急猴急的。

孙桂芬悄声说：“你猴急个啥？有人听房哩。”

我说：“那正好，我想让他们看哩，证明我行！”

一个晚上我不消停，孙桂芬有些受不住说：“你就不能消停消停？”

我说：“哪能消停，别人笑话哩，我得让你知道嫁了人可是捞着了。”

待风平浪静的时候，孙桂芬就说：“你还真行，把人的骨头都弄稀松了。”

我说：“不是行不行的问题，而是个原则问题。以后谁要是说我不行，你叫她来试试。”

孙桂芬就在我的怀里幸福地笑了。

我说：“你该告诉魏娜。”

孙桂芬捣了我一拳头说：“魏娜也是啊，说话也不想好了再说，结果把自己也害了。我听说调到城里工作后不如在这里，话又传到那厂里，可不好听了，她也怪可怜的。”

我说：“要说那句话吧，也是很正常的一句话，人就是他妈的爱乱分析。尼采那老头说得对啊，人类一思考，上帝就发笑。”

眼看结婚一年了，孙桂芬却怀不上。

我说：“孙桂芬，你赶紧给我怀给我生，他们又在说我不行了。”

孙桂芬说：“我有啥办法，说不定真是你不行。”

我说：“我不行？你天天晚上不上床，等我睡了才上床！”

孙桂芬说：“这只能说明你胡干——行！”

我说：“别溜嘴皮子了，你快点，我得只争朝夕。”

孙桂芬一肚子生下了俩儿子，我一个蹦子跳起来，头把用纸裱糊的顶棚顶了个窟窿，搂着孙桂芬说：“苍天呀大地呀，你可是为我立下了汗马功劳，让我扬眉吐气啊！”

满月了，我要大摆宴席，娘说：“我做几个菜家里坐坐行了。”

我知道家里的经济状况，但我说：“砸锅卖铁我也要摆。”

宴席上，我端着酒杯对来贺喜的弟兄们说：“大家要帮忙说一声，还是你们分内的事，我别的不行，这方面还行。能者多劳，随请随到！”

有人接过我的话说：“我们十个月、一年就结果了，要着就有了，你这用了三年时间，够为难你咧。”

第十章

飞机落地，接到子瑞的信息：爸，你打的到银川火车站。从机场出来直接上京藏高速赴石嘴山，去银川火车站要穿过银川老城区，得花掉去石嘴山市两倍的时间。我也懒得问，心想或许子瑞在火车站还要接什么朋友吧。

正是少年有奇志，一语定乾坤。尽管父亲打道回了石炭井，孙桂芬急得猫烧了前爪，然而在交代我们在深圳的事业时，她还是非常详尽，关键处分毫不舍，不止一次骂我是“甩手掌柜的”。我们还没把深圳这边的事办妥帖，子瑞却已在石嘴山办了文旅传媒公司，第一个影视项目已经开始拍摄。“老矿、老厂、街道、社区及境内主要历史遗址太有历史感了，时光最能改写历史了，一年与一年都不一样，随着时间的流逝将看不出来现在的样子……”几个月间，子瑞考察拍摄了原石炭井区，街道、社区包括丰安北街、丰安中街、丰安南街、自建村、新建街、新建西街、西山路、红光街、长征巷、文化北街、文化南街、新华北街、新华中街、水泉街、东山前街、光明街、工人新村、东山路、新民巷、双桥街、一矿街、漩涡街、八号泉、大磴沟、挺进路、育新、南街、北街、麻黄沟、大峰、站前、白杨、绿洲、槐荫、青屏、银杏、旭晖、翠柳……黑石峁岩画、杏花村岩画、西夏石刻塔、西夏李王殿遗址、汉代石城子遗址、明代烽火墩遗迹、武胜墩、梁山墩及马莲滩驻军连部团部营房、遗址、打硙口第一关、第二关……宁蒙省界、尖山夹道、大枣沟、小枣沟、沙拉苏沟、石炭井西北角、白刺沟、陶斯沟、大磴沟、李家沟、八号泉沟、玻璃滩、玻璃滩沟、陶斯山、庙山、塔什克梁，以及传说中落有两颗卫星残骸遗迹的……除了在电视台播出，部分章节也通过自己的渠道播出，好评如潮。

子瑞站在火车站广场上，我说："你要接人？"

"接你呀。"

"我坐飞机你到火车站接我，脑子进水了？"

"脑子是进水了。"他嘿嘿笑着说。

"怎么不开车？"

"我请你坐绿皮小火车。"

"绿皮小火车还跑着？"

"去年我们还跟着它跑过，你忘了。"

"没忘，可它肯定会淘汰的，说不定忽然哪天就停了，退出历史舞台了。"

子瑞改换了一种语气说："如果你想体验平汝铁路沿线风土人情，上好选择是买一张去汝箕沟的火车票，坐中国最后一趟绿皮火车——

7524次列车。这是宁夏首列普客，是中国目前服役最高龄的列车，也是真正传统意义上的绿皮车。”

我笑笑，明白了。子瑞说：“绿皮小火车如今是旅游专列了，票在手机上就能买，12306上就售卖有银川—汝箕沟线路车票。绿皮小火车运行全程143公里，途径13个站点，全程用时4小时06分，票价才9.5元，这该创了世界之最吧？从‘绿皮车’到‘红皮车’‘蓝皮车’再到‘白皮车’，火车经过6次提速步入了高铁时代，这绿皮车简直就是当今铁路线上的慢镜头，又穿越戈壁山谷，这是何等独特的景致、独特的情怀。”

坐惯了时速高达350公里的高铁，这趟平均时速三四十公里的绿皮车，可不就如同电影中的慢镜头嘛。

“现在是慢生活时代，慢比快尊贵多了，时速三四十公里，如此之慢，慢得豪奢啊。就像坐十八世纪的老爷车，比坐当代任何一款豪华车要尊贵多了。哪有线路允许你这样慢的速度？”子瑞说，“老爸，票价太低了，应该提价，比高铁贵才对。”

最后一次坐已经过去十几年了，那时候车上乘客就已经很少了，现在估计更少了，怕没几个乘客了吧？上车时才发现人还不少，多是感怀老岁月体验绿皮车的，其中不少为昔日石炭井的建设者，用流行的媒体话说就是那些“献了青春献子孙”的老人。还有几位曾经驻扎在贺兰山深处的退伍老军人，也有探险的游客。

子瑞一头就扎进人群中开始拍摄采访了。这个孩子对沧桑的历史充满了奇特的感情。

进入车厢，吊在顶上的转头小风扇，上下推拉式的车窗，相对而坐的桌椅设置，以及淡绿色的墙体背景，都让人仿佛置身于七八十年代的老电影中。

车厢内张贴着科幻电影《天逆骑士·变体》在外景地石炭井拍摄的宣传海报。这部片子的宣传片我看了，废弃的厂房、居宅、荒无人烟的街道、杂草丛生的环境……一切都像电影里描绘的那样，“这是人类最后的家园，是被人工智能机器人几乎摧毁了的地球。”

这条铁路开通后首列列车的运行我是参与者。那是 1971 年，我刚上小学一年级，平汝铁路开通，我们排队去车站参加庆祝活动，戴红领巾，手捧鲜花——真正的鲜花，我们从山野采摘的。平汝铁路起自包兰铁路上的平罗站，几乎一路贴着宁、蒙省界前行，贯穿整个石炭井矿区，有平罗、大武口、枣窝、马莲滩、大磴沟、陶斯沟、呼鲁斯太、柳树沟、白芨沟、汝箕沟等十余个车站，主要任务是煤炭的外运。1972 年 6 月 1 日，7524 次普客运行，据说那是当时宁夏唯一一趟普通普通旅客列车，我们又参与了欢庆仪式。

这条铁路一直延伸到贺兰山与乌兰布和沙漠交界地带，沿途红褐色的山丘绵延起伏，嶙峋怪石遍布山坡，一边是有着“塞上江南”之誉的宁夏平原，稻田金黄，一边是贺兰山坡延伸而来的戈壁沙地，荒凉粗糙。过了大武口站之后，铁路逐渐进入山区，绿皮车渐渐远离喧嚣都市，像一根竹节蛇在山沟里蜿蜒，舒缓而晃悠，充满了怀旧、文艺气息。

“我是第一批列车员，那时候还没有成立银川客运段，只有银川乘务段。当时宁夏连一辆普客列车都没有，只有混合车，共四五节车厢，运货的是无风挡车型，拉人的是闷罐车厢。车次也不是 7523/4 次，是 501/2 次。闷罐车厢里挂着煤油灯，地上铺着稻草，稻草上零星地放着砖头，充当乘客座椅，人多时只好人挤人站着。站点没站台，每到站点，车停了，车厢门口放好木梯，让乘客上下车。列车运行时，列车员得紧紧把着车门，一不小心就有人给挤下去，夜行车列车员还得提马灯给乘客照亮脚下的路。为了解决煤矿工人及家属的出行需要，1972 年 6 月，普客才开始运行，一共有 8 节车厢，这也是宁夏第一列普客。”老阿姨给子瑞讲着过去，子瑞瞥我一眼，充满得意。

我仔细端详老阿姨，但没认出来她是过去的谁。

“乘客上车时都会自备一块毛巾，坐下前先得擦座位，因为从大武口站开始进入山区，一直在沟谷中行进，铁路两旁布满连绵的沙地和露天的煤场，沟谷就是风道，风多沙大，煤末子飘扬，座位上都是灰尘。经常是你刚刚把座位擦抹得油光水亮的，还没坐下，一股风刮来，就又落满尘煤末。”老阿姨掏出一块褐色毛巾接着说，“你看我这次来还准备了，不过现在灰尘少多了，煤末子也没了。”

是啊，包兰铁路这条支线有着“太西煤走廊”“乌金之旅”之称，几乎都是露天矿，到处是大煤堆。

“妈，你又开讲了。”一位列车员端着茶杯过来说。看来是位“铁二代”。

“你走，你忙你的去，你别管我。”老阿姨挥着双手赶鸡驱鸭似的。

列车员把茶杯递给老阿姨说：“给你润润口，谁能管得了你。几天来你来来回回坐在车上，见人就给人讲，见人就给人讲，干脆让市上聘你当个导游，中国最老的导游……”又冲着围着老人的人群说，“人老了，真是那话说的，眼前的事记不起，过去的事忘不了，提起过去，话多得很，人家大夫说要少说话，保气哩。”

一位老人立刻反对说："姑娘，话多了好啊，哪天不说话就是老年痴呆了。"

另一老人说："姑娘，大夫的话有些能听的，有些不能听的。"

"这么大年龄了，你还不让说话……"

列车员说："各位大爷大妈，给做做工作，眼望八十的人了，要搬回来住哩，你们说行不？现在还剩几个人了，还当以前啊！"

"还有几百人哩，我也想回来住哩，头一偏就地埋了，在这里活了五六十年哩，对哪个地方有对这地方的感情深……"

"就是，梦里老是这个地方……"

"八十的人了，该由着性子活哩……"

列车员眉头蹙成了峰，说："我请你们帮忙哩，你们倒好，帮起倒忙咧……"

"孩子，不是帮倒忙，你该为我们这些老人想想，等你老了，你就知道人老了最念最想的了……"

"那时候是蒸汽机车，大武口一过就进山谷了，'哐当哐当''哐当哐当'，就像山神抡着老大老大的铁锤在敲，震得人就像聋掉了，山川沟谷像是都在摇动，两旁边崖壁上的小石子震落下来，飒飒飒……"

听着老人的讲述，怎么会不回到过去的岁月呢？

对于"窖洋芋一样窖在深山大沟里"的我们，火车代表着远方，连通着四面八方。我们经常坐在山梁上，看火车像一条神龙见首不见尾地在沟谷间行进。我们在作文中不止一次写过火车，我们畅想着去世界各地。由于坡道陡峭多弯，列车虽然只有 5 节车厢，但列车行进的速度很慢。如果你此时坐在山梁上，你会觉得它似乎要停下来，成为一名列车员是我们从小就有的理想。大双后来如愿以偿，成了一名铁道工人。

扒火车成为我们的功课，尤其是看了《铁道游击队》后，我们开始执着地扒火车。扒火车要从慢处上车，快处跳车。我第一次扒火车没有经验，跳车时一头栽倒，脸皮都擦破了，是陈兰给我包扎的。陈兰的母亲在大磴沟医务站当大夫，家里有红汞水、碘酒、药棉，她把我当了个试验品。我们扒火车后来出过车祸，冯喜被压死了。

大双成了一名铁道工人，我就有火车蹭了。记得那时候，列车车身沾满沿途扬起的煤灰和污渍，凹槽、衔接处挂满灰絮。我每次去找大双，他总是在擦车。火车时刻表是最严格的，在规定的时间内要把属于自己的一截车厢擦干净，因此我常常帮他提水桶、洗拖把。到了冬天，厕所便池里的粪便就会冻成冰疙瘩，得敲、铲，用开水冲，粪便往往会溅到身上……在我待业的那一年多，大双通过杨段长安排我提个锤子沿铁道巡路，但干了不到一月我就不干了。我说要是干穿着制服、戴着白手套检查你们我就干。大双嘎嘎嘎地笑了，说那是列车长，你想得美，不擦车、不打扫厕所就想当列车长？你咋不想当站长局长？！

大磴沟车站到了。

小站在半山坡上，一面是山，山石如牙，一面是沟，细流潺潺。二层残楼墙面上的时代标语“虎踞龙盘今胜昔，翻天覆地慨而慷”赫然在目。

大磴沟车站是这条铁路的中间车站，“车、机、工、电、辆”五段齐全，车站有近百名职工，石炭井矿务局几个矿的煤炭主要通过这里外运，曾经日均装车 180 辆，设正副站长各一名。站长什么都得操心。大双几年后成为该站站长。这我倒不惊奇，我惊奇的是他通过自学拿到了专科学历。社会重视知识分子了，这成为他上升的台阶。

隔辈亲，是真理。父子之间有代沟，爷孙间反而没有代沟。他们爷孙俩竟然琢磨出一个“我是世间一棵树”的创意，即来一个游客，栽一棵树，以自己的名字命名。这是何等吸引人。自媒体时代了得，子瑞通过抖音、快拍，竟然一下子火了。爷爷把自己的庄园全权交给孙子去发展绿色事业了。

子瑞对房屋进行了整体艺术性修缮装饰，把家里的一些老东西进行了归整。搬动那个墨绿色雷管箱时，子瑞说：“这里面装的不会是雷管吧？对了，是爷爷一生的家底宝贝吧。”

我笑笑。

这个雷管箱我很小的时候就有了，一直锁着。倘若我们家稍稍富有点，我们弟兄早就打开过了。箱子是一寸厚二寸宽的松木板做的，捆有两道钢条，比日常家用箱子结实多了，但箱后的合页却是明合页，一把改锥将合页四个螺丝钉拧掉，箱子就打开了。可我们没想过要打开过。家里实在太穷了，一个雷管箱里能锁什么样宝贝呢？而父亲打开时我们偶尔见过，就装着一些纸片，多是荣誉证书，我们为啥要冒险打开它呢。

雷管箱看上去很笨重，子瑞搬起时用力太猛，身体失去平衡，一个仰躺向后倒去，为不至于摔个兔儿蹬天，他丢了箱子双手去撑地，雷管箱摔在地上，箱盖飞了出去，箱子里的东西像鸽笼打开鸽子扑棱棱飞出来扑了一地，全是荣誉证书，有塑料皮的，有绸缎皮的，有油光纸皮的，有的就一张纸……有四开大的，有巴掌大的，还有指头蛋大小纪念章一样的金色奖章……夹着些照片，全是领奖时的照片。雷管箱装着荣誉证书我不吃惊，吃惊的是怎么会有满满一箱……

我们都呆愣愣地看着散落一地的荣誉证书。

父亲赢得过不少荣誉，这我是有记忆的，每年五一、国庆、元旦、春节，局里、厂里都要召开各种茶话会、庆功会、表彰会，父亲总是在邀请之列。父亲每次回来总是红光满面，兴奋得都有些亢奋，然后从口袋掏出一把糖、花生、瓜子发给我们。父亲不说什么，娘总是要说这是你爸从表彰大会上装回来的，多喜庆。小时候我们觉得好不幸运，都省着花生、水果糖和瓜子，与伙伴们分享，说我爸从大会上装回来的，伙伴们都非常羡慕……

我绝对没想到父亲拿到了这么多的荣誉。

装修的王师傅找来一个尼龙袋子，把散落一地的荣誉证书、照片等像装垃圾一样往里装。“别动！”我和子瑞同时惊喝了一声，王师傅惊了一跳看着我们。

我忙笑着说：“王师傅，你别动，我们来收拾。”

子瑞说：“这可不是别的东西，怎么能这样粗糙地对待呢？”

我把散落在远处的荣誉证书往一起归拢。“别动！”子瑞又大喝一声。

这声大喝太突兀、太粗野，吓得我一哆嗦。我说：“你干啥？这么大声。你要吓死人呀！在爷爷跟前可不敢这么贸然出声。”

子瑞嘎嘎一笑说：“对不起老爸，千万别动，我要拍摄下来，今天的日志太有意义了。”

我说：“这也太散乱了，归整归整，摆弄摆弄再拍。”

子瑞说：“不不不，千万别归整摆弄，就让这么散落着，自然的永远比人为的要有艺术冲击力，归整摆弄了你再要抛撒出这个状况来都不可能。”

我又给子瑞竖了个大拇指。

雷管箱木板好好的，只是铁合页锈残断裂了。我刚要去收拾，子瑞又说：“别动，这也别动，就要让它那样着，你站在门口吸根烟，把影子投进来就行。”

子瑞痴迷地拍摄着，直拍了有一个小时。“老爸，你来看镜头里的。”子瑞眯着眼睛看着冲我招手说，“这房间、这陈设、这光线，这散落一地的荣誉证书，窗外是泛着青铜之光的贺兰山，整幅画面给人一种难以言说的沧桑，太有感觉了。”

几孔小窗户——对了，石炭井的窗户都是极小的，因为长风不绝如缕，沙尘如云似雾——射进一缕缕米黄色光线，就像是做旧了屋内的一切，尤其荣誉证书浸润在这样的光线里，很有艺术感。

他开始小心翼翼地将荣誉证书往一个包里装，我也去装，说：“数数有多少个。”

子瑞说：“这阵千万别数，许多都黏到一起了，分开和摩挲都是伤害，等我回去进行保护性处理，你别乱动，这些证书有些比你年龄都大啊。”

我抱起雷管箱往外走，子瑞说：“别扔了它！”

我说：“漆都掉光了，合页也坏了，买个合金的箱子保存。”

子瑞说：“老爸，这可比你年龄大，又装着爷爷一生的荣誉证书，可不是一般意义上的雷管箱了，别的箱子配不上的。”

我给儿子又竖了个大拇指。

子瑞说："在西方，够五十年的东西就是文物了。我会以特殊的方式保护起来，让它们毫发无损，到时候给你一个惊喜，这是一笔了不得的财富哩。"

子瑞上了大学，又曾留学澳大利亚，拿到了历史与影视双学历，他对旧东西特别看重。

一张合影照，颜色已变成了浅黄，照片上写有一行白字："社会主义建设积极分子表彰会留影。"后面有拍摄日期：1958.10。子瑞捡起来吹吹上面的灰尘，感慨地说："多沧桑的色彩啊，在西方已经是古董了。"

我说："如果荣誉证书在，该是你爷到了石炭井得的第一个荣誉证书。"

我和子瑞小心翼翼地将荣誉证书往雷管箱内收。我边拾边翻看，子瑞说："别这么翻，那个年代的荣誉证书原件纸张粗糙而脆干，丝绒皮子都裂开毛口子了，经不起你这么'翻阅'了，荣誉证书上的文字与装帧设计是最能呈现一个阶段的历史的，而且爷爷这么多的荣誉证书，绝非一日之功，应该是系统全面地见证了他的生命历程。一定要好好保护起来，这可是一笔财富，要好好收藏哩。"

一周后，子瑞就捧出了他的保护杰作——他将所有的荣誉证书及奖章摆放在各种颜色的丝绸上拍照，照片洗出来装订成册，原件则塑封起来。而且做了电子版，发到了每个家人的手机上。紧接着又制作了光盘。

劳动模范、标兵、优秀 ××、积极分子、先进工作者、先进个人、

×× 称号、×× 杯、×× 人物……

“爸，你猜荣誉证书、奖章多少个？”

“200 个左右？”

“再猜？”

“这谁能猜到。”

“383 个。”

“应该过 400 个，还有没保存下来的。”

“这些荣誉证书摞起来差不多有三个爷爷高了吧。说作家学者是著作等身，爷爷岂止荣誉等身。”子瑞抚摸着荣誉证书看我一眼说，“爸，我爷这么多荣誉证书，怎么从来没听你说起过？”

我哦了一声说：“我知道你爷有不少荣誉证书，但真还不知道有这么多。”

子瑞说：“你也太不了解你爸了。”

我笑笑说：“那你对你爸又了解多少呢？”

子瑞一笑说：“除了不知道我爸有多少钱，再一切我都知道呀。”

我冲子瑞拱拱双手。

子瑞说：“这些荣誉证书就是一部大书，一部厚重之书啊，一生能够拿到这么多荣誉的人应该是极少的，一个个大红公章可是真实地见证和记录了爷爷的一生。爸，你崇拜过自己的父亲吗？”

我脸红了，呃了一声，正不知如何回答子瑞，来了三个人找子瑞，子瑞随他们走了，我长出一口气。

对于自己的父亲，一个男孩不外乎有两种表现：要么崇拜，要么看不起。一个普通人家，通常情况下男孩是很少崇拜自己的父亲的。我们是看不起父亲的，背地里甚至是嘲笑父亲的。在我们眼里，父亲平庸，甚至是窝囊的，是因为他虽然赢得了荣誉，却没有赢得荣誉的回报。父亲做了一辈子矿工，升井后就退休了，因此母亲临终前，说过几次的“别为难你爸”，这话意味深长，只有我们弟兄听得明白。母亲所说的“为难”就是担心我们看不起父亲，自以为是的强迫父亲顺从我们的意志，尽管我们是一番好意，甚至可以说是尽孝。事实上，自以为是往往就是最大的为难。

我们是什么时候看不起父亲的？想想应该是从上学就开始的。

记得开学了，我和大双兴冲冲到了学校，却没报上名，垂头丧气地回来了。

父亲诧异地说：“咋没报上名？”

我说：“老师不给报名。”

父亲说：“咋不给报，怪事，学校就是念书的地方么。”

我说：“老师让我们回所在地的学校去念书。”

父亲说：“啥所在地，所在地在哪里？”

我说：“就是老家，说我们户口在老家。”

父亲说：“建党报名咋没提说这事就报上名了？”

我说：“他们说那时是那时，现在是现在。”

父亲吃了几根烟，起身走了。

到我们上学时，石炭井已经很繁荣了，最明显的表现在上学上，每个年级都是十个班，每个班六七十人，桌子摆得直贴到了后墙根，学生进出都困难，干脆从桌子上出进，这样半工半农家庭的孩子上学就成了问题。在井下的父亲当然不知道。

下午我们就报上名了。

在其后，我们弟兄上学，一路上都遇到了这样的问题。尽管父亲一出面，我们就有学上了，可我们很不爽，因为我们总是最后报名的那一部分，身份是借读生，别人就拿那样的目光看我们了，更重要的是在学校形成了有权有势的、双职工的、半工半农的三个圈子，就有了三个等级，也是从那时候开始我们就有了等级观念。

一个人看不起另一个人，他们中间自然就有了缝隙，这缝隙中会挤进去一个庞杂的社会，自然会落进尘埃与污垢。我与父亲间的缝隙越来越大。

那年国庆节，我们掏出父亲从会场上带回的花生、水果糖和瓜子炫耀，与人分享，杨小忠却掏出一大把大白兔奶糖说这是我爸从会上拿回来的，几大包哩。我们立马就蔫了。杨小忠的爸和父亲一样是石炭井的第一批建设者，后来升了矿属一个厂的副厂长。很快我们就与最好的朋友杨小忠打了一架，分道扬镳。

上矸石山捡煤块是我们的主要功课。牛运争抢得最厉害。牛运的爸当了矿上的一个科长，牛运就再不跟我们拾煤了，也不跟我们一起玩了。

一次我们打架，结果被警察抓了起来，周长涛一进去就给放出来了，因为他爸是科长，我们几天后才给家人领回，还罚了不少款。

矿灯是可以玩的，除了照往天空上比画着写字，我们也用它照射山头，找寻夜晚出没的狼、野猪一类的动物。我们当然打赌，看谁找得多，找到的厉害。我们玩了父亲的矿灯，被父亲揍了，因为电没了父亲就用不了了，充电得好一会儿。可是瞿小东玩了没事，他有一盏新新的矿灯，好像是专门让他玩，他想在天空写多少字就写多少字，想照射哪里就照射哪里。

……

少年是多么敏感，他们通过与周边的人和事进行比对产生认知。处在世界上，就处在对比中，社会提供的各种对比疯长在我们生活的角角落落。

和父亲一同踏入石炭井的好些人陆续都提升了，要风得风要雨得雨的风光，住楼房，坐小车，抽“凤凰”，坐办公室，最不行的也是升井。要知道一个矿工在一线那就是与死神打交道，升井意味着改变命运。可父亲却做了一辈子矿工，直到快退休的一年前才升井，住在自建房几十年，公厕上了几十年……父亲有那么多荣誉，却依然是个工人，在我们看来这完全是不对等的。这说明什么？问题不是出在荣誉上，而是出在对荣誉的价值的认识和利用上，没把荣誉看成上升台阶与资本，去争取更有价值的地位。有些人赢得了荣誉，没有父亲的荣誉多，却就升了。倘若父亲对荣誉很好地加以利用，现在最起码也该是个副厂级，说不定弄个正矿级、局级也未可知，至少弄个中层领导没问题。

少年心事当拿云，谁没有凌云的雄心壮志？然而，现实生活放大了父辈的作用，我们把生活的幸福与理想的成功寄托在父辈的身上，因为父辈不同的进步，我们自然就分成了等级、派系，让妒忌、自卑、恼怒、悲愤扩散，多年建立的友谊不复存在。

人不如意，容易对出身产生抱怨，我们甚至拿父亲“一把手”的外号嘲笑父亲。父亲被狼咬伤了一只胳膊，恢复了好一段时间，一只手用绷带挂着，一只手做这做那的，便有了“一把手”的外号。说是有一回，来了领导们视察，沿着新华街走，马叔喊父亲上工，高喊了一句“一把手”，结果父亲和真正的一把手同时应声：“啥事？”

“还真把自己当‘一把手’哩！”我们这样说着，嘎嘎嘎地大笑着。

我们把从课堂上学到的鲁迅文章里的“哀其不幸，怒其不争”，用到了父亲身上。

威廉·福克纳说，我们当中没有一个人愿意相信，我们的痛苦都是由自己造成的。我们都认为是这个世界亏欠了我们，使我们没有能得到幸福；在我们得不到幸福时，我们就把责任怪在最靠近我们的那个人身上。

等到我们面临就业时，对父亲的失望达到了前所未有的高度。

这需要从恢复高考说起。我记得很清楚，1977 年 10 月 21 日，第一节课是语文课，语文老师拿了一份《人民日报》给我们读了这条消息，然后大讲特讲“好好学习天天向上”的时代到来了。

事实上，高考对于我们来说是陌生的。

说到中学时代，许多人尤其是成名成家成功人士都以逃学、打架、早恋、叛逆为豪。我们那时候都不用自己叛逆，小学、中学都在“文革”期间，许多课都只在课程表上，并没有认真系统地上过。那时候要“学工”“学农”，勤工俭学是很重要的一门功课，我们经常走进矿上、工厂，向工人阶级学习。当然课还是要上的，可是谁认真上课呢？逃学、打架、早恋，拆掉自行车的后座，带人让坐在横梁上，在起伏若搓板的路上飞驰，真是个爽，尤其是带着女生，风光啊。还有混票看电影。一帮人买两张票，前头的一张，后头的一张，中间的都拿着拣的旧票，追着就冲进去了。

对了，还有寻宝。宁夏解放初期，匪首“郭栓子”活动于水磨沟、哈拉乌一带，还在韭菜沟山洞里躲过，后来在大喜峰口皇城庙被俘，其财宝应该就藏于这一路。有一次，我们六个人进山寻宝，从韭菜沟进入，由于走得太远迷路了。暮色渐浓，山崖尽白，狼叫声四起，不敢走了进山的人不是跌落悬崖，就是被狼围而食之，这种事都发生过。我们只能原地不动，等待家人找来或者天明。好在山路多洞窟，我们找了个浅洞，点了一堆火，一是吓狼，一是让寻找我们的人能看见。结果，家人们戴着矿灯找来，我们被揍得几天坐不起来。

应该说体育课上得最好。发展体育运动，增强人民体质。田径、篮球、排球、乒乓球……各种体育运动广泛开展着。初中时，掰手腕曾风靡一时（现在想来跟矿上人喜欢掰手腕有关吧）。当时在我们看来课桌最好的用处有二：一是趴着睡觉，二是掰手腕。一下课，男生们围成一圈掰手腕，一个个脸涨得像猪肝，气喘如牛。掰手腕是一种实力的展示，能赢得女生的青睐。掰手腕最厉害的是大双和我，我们个大骨粗，胳膊肘往桌上一支，比他们高出一拳头，重要的是我们每天比赛做俯卧撑，举石锁。石头叔喜好武术，弄了一对石锁，他就像是我们的武术教练，监督我们做俯卧撑、举石锁。他的名言是“拳假功夫真，力大强十分”。初中时我们两拳紧攥，大胳膊处有了石头肌，胳膊上的血管就像蚯蚓鲜明。当然，我们举石锁、做俯卧撑不是为了掰手腕，而是为了打架。

初中两年似乎瞬间就过去了。上了高中，我和大双的个头窜起来了，自然就成了校篮球队队员。那时候，篮球赛从厂矿到学校、单位一直很热，尤其是与部队一年有几场友谊赛，篮球队员像现在的明星一样受到学生狂热的追捧。全校篮球对抗赛天天有，有学校组织的、班级组织的、球队组织的，还有个人组织的。一下课我们就抱着篮球往球场上跑，后来上课时也在篮球场上。我和大双一个右前锋，一个左前锋，在传球配合上，不用叫喊甚至目光沟通，就能心领神会。我们中学队曾打进了全市中学生篮球比赛决赛，获得了季军。高中时代的一年半时间，我们几乎是在篮球场上度过的。打篮球让我们出尽了风头。

恢复高考的消息一出，许多学生将精力转向学习，同学们对篮球比赛开始冷漠，扎实学习的同学受到老师的追捧，在课堂上开始大讲特讲自学成才者和高考第一名（那时间还没有状元一说），篮球队、排球队、足球队、乒乓球队、羽毛球队等都相继解散了。

很快，建党糊里糊涂地参加了 1977 年高考，没有考上，就参军了。

高考对我们最大的影响，是学校的锅炉工考上了大学，就像一块巨石投进潭水中，荡开了一圈一圈的涟漪，波动着许多人的心田。这个在我们的印象中一直是面孔黑里透红，指甲缝里总是藏污纳垢，有时门牙上沾着煤末的烧锅炉的，录取通知书下来那天，忽然间变成了一个白白净净的大学生……他家摆酒宴庆贺时，父亲也去了，还掏了十块钱贺喜。

半年后的 1978 年 7 月，我和大双参加高考，自然是双双落榜。高中毕业，意味着可以参加工作了，我们都希望参加工作，可那时候正是石炭井最繁华的时代，找份工作何等艰难。工作一时没有着落，我们只能双双进入复读班。我们都知道复读会有什么样的结果，数理化那是一根链条，一环套一环，缺一环就断链了。我学文科，历史、地理、政治又缺乏死记硬背的耐心，窗外一片树叶的摇曳都能让我走马分神，大双比我强不到哪里，可无业可就，干什么去呢？就学校还是个比较好的去处。

1979年，大哥参加对越自卫反击战，光荣牺牲。为了让我们化悲痛为力量，学英雄见行动热潮过后，局里回报给我家一个就业指标，大双因为叫大双连高考都没有参加就到铁路段上班了。真是有缘，大双，一个扒火车的飞鬼，被杨段长不止一次擒拿，却成为杨段长的部下，而且工作也是专门巡道抓扒火车的飞贼。当然，大双非常喜欢这份工作。

我只能继续复读。1979年高考，我依旧落榜。我坚决不复读了，倒也不是知道自己的锅大碗小，有自知之明，而是学校不好玩了，老师身份地位高了，重要的是你不好好学习老师会抽你，连女老师也敢扇你嘴巴了，学生开始玩命似的学习，一些坏怂都开始学习了。我成了学校的反面典型。语文老师和政治老师以讽刺挖苦人为能事，他们创造的“以郭建国为例”在全校广为流传，我成了一个“人物”。

我成了一名社会青年，整日在大街小巷晃荡，而许多和我一样的家伙都陆续有班可上了。这一晃荡就是一年多，这一年多我深深地认识到，自由只能是相对的，绝对不能是绝对的。那些陆续有了工作的家伙被工作管理起来，立时显得人模狗样的，“没时间，上班哩”成为口头禅。我们这些没有人管的自由人是多么羡慕那些忙碌上班的家伙啊。

人是最容易攀比的。怎么可能不攀比呢？在我的周边，和我同样条件的许多人都上班了。有比较才能有鉴别，有比较就有伤害。因此，我对父亲更加地失望与悲哀，当然也更加地看不起他。

终于有一天，我抓住天时之利，好好地“教育”了父亲一番。记得那天我家房屋漏雨，屋外雨停，屋内滴答。我们把所有的容器找出来摆得到处都是。雷管箱被雨浸了，父亲打开箱子，还好，木板一寸高，荣誉证书没被水泡。我第一次看到那么多证书奖状。父亲找来些塑料袋，整理证书奖状。我想是因为下雨，干不了啥，倘若不是下雨，他会胡乱把荣誉证书塞进塑料袋，然后去生产芨芨制品。让人惊诧的是父亲整理证书奖状，不是按荣誉等级，而是按奖状的大小整理。

我撇着嘴说："你应该按荣誉等级分类整理，连轻重高低都分不清。"

父亲翻了我一眼，没有说话，继续整理自己的，母亲却说："都是荣誉，分啥轻重高低。"

我顿了一下，没想到母亲能说出这样的话。我说："都是荣誉，分啥轻重高低，队上的能和矿上的比？矿上的能跟局里的比？局里的能跟市上的比？市上的能跟省上的比？省上的能跟国家的比？噢对了，还没拿过省上的国家的。"

我看到父亲的手哆嗦了一下。母亲说："你娃说得能的，你你你从学校拿回一个奖状来看看。"

这句话戳到了我的痛处。母亲就是这样，说话专戳你的痛处。

"连轻重高低都不分，难怪你没有把这些荣誉利用好，难怪你活得这么窝囊。"我丢这句话夺门而去。母亲手里的笤帚跟出来砸到了我的后背上，我回头做个鬼脸说："劳心者治人，劳力者治于人。"

母亲追出来，我跑了。

母亲未必理解这句话的意思，但她是坚决维护父亲的。在母亲心里，父亲就是她的神，我们冒犯了父亲，她可是下手不轻哩。

我都跑出大门了，还觉得不过瘾，回头站在门外说："看看你们瞿矿长吧，和你同一年到达石炭井，一度在掘进队还受你的领导，荣誉没你捞得多，可人家一步步高升，都是副矿长了，住三室一厅的楼房，厕所在房里（要知道我们的公厕，恶臭不说了，蚊子能把人吃了，我们很小就开始吃烟，跟熏蚊子不无关系，遇个沙尘天气，上一回厕所头发里的沙子能种地。没升副矿长之前，瞿叔和我家一起住在自建区，同上一个厕所，瞿叔便秘，一个坑占老长时间，耽误别人，惹得人讨厌），上下班小车接送，坐办公室，你呢？住自建的破房里，外面下雨里面叮咚，骑个铃铛不响其他都响的破自行车，上个又臭又脏没处下脚的破厕所还要我给你去排队，人家抽凤凰烟，远远的就一股香味，你抽破“工字”卷烟，呛得人咳嗽闭气，人家坐在办公室里跷着二郎腿喝茶看报发号施令，你黑水汗流的在破井下挖煤，这这这就是对你一记又一记响亮的耳光。”

一连几个“破”字我说得很重，带唾沫喷出的。我非常恶毒，我觉得这肯定是父亲的又一痛处。我就要刺激他，激怒他，我要看看他能有多大涵养。

我冲着父亲吼：“这说明什么，只能说明你只是有荣誉的人，人家才是有身份的人。革命工作没有贵贱之分，怎么一个个都争着抢着从井下往井上调……自欺欺人，你能拿荣誉，可不会做人。”

父亲端了茶杯出门，雨已经停了，他要开始生产他的芨芨制品了。

父亲如此有涵养，我那时候就能理解，一个窝囊的人的最高境界不正是这种“涵养”吗？

我说：“再看看林矿长吧，那是你的徒弟吧，你不是死活看不上人家吗？人家现在是副矿长了，还分管着你哩。”

我边说边又进屋，指着桌子上的一张奖状说：“这能当钱花吗？能当房住吗？”

我把奖状折成纸飞机一扔，奖状飞出窗外，落进了下雨积的水坑里。母亲扬手就给了我一个耳光，可是不轻，我头就像拨浪鼓甩了几下，眼前金星乱冒。母亲扑出门去，抓起奖状又甩又擦，好在荣誉证书是油光纸的，只是表面沾了点水。

我吼着说："你什么作风？法西斯作风！日本鬼子！"

父亲一挥手给了我一个砍脖子。这一巴掌好重，我毫无防备，我给砍了一个马趴步，头也被磕烂了。矿工之家父亲教育孩子，拳头代表真理，父亲却极少揍我们，对我们是很文明的，从没有使用过暴力，这也成为我们心目中父亲窝囊的特征。这一巴掌挨得值，显然我戳到了他的痛处。

母亲颤抖着说："你你你狗日的思想这么复杂，以后会出大事的。"

母亲收音机听得多、有进步，听听这话说的。

我说："不是我复杂，是你们太简单了，你们这一巴掌你好好记着！"

母亲说："记着？你还要还给我们不成？"

我说："现实会还给你们的，时间会证明一切的。"又说，"不，已经证明了，看看和他一起进来的人，多少人都上井了，他还在井下，冒着生命危险啊。"

不可否认，长期生活在底层，我们的内心郁积着阴暗情绪。事实上，现在回头来看，我们夸大了父亲对于儿女的作用，我们对父亲的要求刻薄而贪婪。我们只是盯着个别人在看，更多的人和我们一样，有的比我们更悲凉，我们却从未跟他们比过。和父亲一样的普通人才是真正的大多数。以一个矿为例，几千人里真正有"出息"的连十分之一都不到，更多人过着和父亲一样的生活。

我对父亲的轻看，到下岗狂潮席卷时达到了极端。

随着石炭井的渐渐衰落，矿井纷纷下马，职工成建制的转移，下岗潮席卷，人人惶惶不可终日。当然，有些人是受不到冲击的，任凭风雨起，稳坐钓鱼台，生活从容，和没事一样反而抛出来些小道消息消遣人。他们无非是有着“父亲”这一背景的人。一些人反而把破产、闭井、下岗、搬迁变成了一种机遇，围绕着这做起了自己的事业。

孙桂芬已经下岗，在春枝婶的帮助下，她开起了凉皮店，倒比上班要强。

至此，我也认为我把父亲是看到骨子里了，看了个通透——他就是个老实人，就是那些人生没有定位、没有理想、没有追求的普通人，这种人这世上一层。而父亲说过一句话：干活干活，干着活着。这话有点塞林格“当年轻的时候，可以选择为理想而崇高的死；当年长的时候，可以为理想而卑微的活”的意思。尤其是在我们遭遇下岗的蹂躏时，父亲却依然不卑不亢，给人一种置身事外的感觉。我们也很能理解，一个没有权力的人，又如此平庸的人，下岗潮如洪水猛兽席卷时，能有什么办法呢？我想到了罗曼·罗兰在《米开朗琪罗传》中的那句话：“世界上只有一种真正的英雄主义，那就是在认清生活的本质后，依然能够热爱生活。”我想，罗曼·罗兰这句话所表达的，绝对不是如今被人们广泛地引用于心灵鸡汤，勉励世人忍受苦难，积极向上之类的，而是表达着一种无奈与悲哀。

下岗就像是沟口的西北风，一阵强似一阵。煎熬啊！每个人都快崩溃了。我终于熬不下去了，五月十八日，我以壮士断腕的精神把下岗申请拍到领导办公桌上，提着一个粗糙的人造革小包，一甩长发走出了矿区。这个日子是我刻意选择的，因为五月十八日就是“吾要发”。

当然，下岗前我也是谋好了，把凉皮店开到南方去，就冲凉皮之凉之快，南方那么热，节奏太快，凉皮的两大特色——“凉”与“快”应该有市场。因为在上班的最后一年里，我的月工资不及孙桂芬开凉皮店收入的三分之一。

子瑞对爷爷的荣誉证书与奖章大致分了类，绝大部分是劳动所得，也有文娱、拥军和社会类的，有几十个荣誉是退休后得到的。

文娱类的除了大合唱、朗诵等文艺演出的，主要是打篮球的。那时候打篮球是主要的文娱活动。矿务局灯光球场在当时是很时尚的，一圈一圈的水泥台阶一层层向上延伸，能坐上千人，有时尚的计时钟，矿务局每年比赛的决赛都是在这里举行，一打好些天。每年的文艺演出也常在这里举行。旁边是电影院。父亲是矿上篮球队的主力队员，我们常常在灯光球场看父亲打篮球。父亲身高一米九八，却不笨拙，扣篮让我们浑身都充满力量，我们不止一次为父亲在球场上的飒爽英姿而欢呼雀跃。

来自部队的有二十几个荣誉，最早的一张来自部队的荣誉证书是兰州军区某工兵团开进贺兰山北段，建设第一批防御作战工事，矿上派父亲专门帮助指导解放军战士箍砖石窑洞。军民联欢，篮球赛是主要的形式，父亲是矿上篮球队的主力队员，拿到好几个荣誉。父亲篮球打得好，本就是军人出身，据说部队曾想挖他过去打篮球。

还有父亲每年去烈士陵园扫墓（有32名烈士长眠于贺兰山下）部队发的荣誉证书，《解放军报》报道过，剪报也在。后来烈士陵园搬迁至大青山，父亲依然去扫墓。去烈士陵园扫墓一般都是单位组织的，个人扫墓是少见的，且是年年扫墓，在许多人看来是有些奇怪的，被有些人说成作秀、捞表现。我们当时都听到过，也很不理解。后来大哥参加对越自卫反击战牺牲后，父亲再进烈士陵园扫墓，才没人说了。

社会类的有植树造林、公益活动、见义勇为、助人为乐等荣誉，父亲光在沙河里救人就救过7人，这在矿史上有记载。

在对父亲的荣誉册的审视中，我产生了这样的疑问，一是父亲的这些荣誉最高的来自石嘴山市，却怎么就没有省级及国家级的荣誉；二是父亲赢得了这么多的荣誉，怎么就连一官半职都没有弄上，不要说是矿长、副矿长、队长什么的，连个小队长都没当过，而且一直在井下干到退休，为什么呢？

我想搞个明白。

第十一章

园子里的苹果、梨、枣子熟了，果子在树叶间晶莹闪烁，就像是岁月凝成的琥珀。父亲发明了几种摘果子的工具，还真是方便。一种是低处的梯子，一种是高处的剪篼——长杆的一头是剪刀，下面有一个网篼。苹果、梨一剪落入篼中，就摔不伤了，能长久储存。几十上百棵果树，够我们忙活一阵子的，我们开始采摘时，父亲却说："不忙不忙，有劳力哩。"

我说："你雇下人了？"

父亲说："下周要来几个人。"

我说："他们来给你采摘？"

父亲一笑说："到时候你就知道了。"又说，"都是矿上的老人。"

我说："那我去大武口进点肉呀菜呀。"

旅游正在起步，餐馆相对还是少的。我们就在这里办了个"大食堂"，还没有开张，不过凉皮已经做起来了。

父亲笑着说：“跑到大武口买肉，这周围养羊的人多，不出一个小时给你剁得好好的送来了，菜、粮啥的都有专送的，打个电话，方便着哩。再说他们都订好的，有些自带着的。”

说是一周后到，可第二天陈叔就到了。

陈叔和父亲都是第一批踏进石嘴山的，一开始与父亲一道在掘进队，升井后在办公室工作，后来做到副矿长。

晚上，我准备陪陈叔喝了几杯，留他和父亲闲谝。才进屋坐下，陈叔就过来了，我才知道如今每年有一些老矿人不止一次回来在父亲这里住一段时日。

子瑞收拾茶具，准备喝功夫茶，我摆摆手说：“晚上了，老人喝茶睡不着。”

陈叔笑着说：“没事，没事，百姓百姓，百人百性，我是不喝茶睡不着，你说日怪不日怪。”

看到了茶几上的荣誉册，陈叔翻着说：“荣誉册，这么厚一本，一共有多少个？”

子瑞说：“383个。”

“不止，应该过四百个了，”陈叔思谋着说，“绝对过了四百个。”

陈叔一页一页翻着说：“你爸把荣誉证书不当回事儿。”

我笑笑说：“陈叔，你这句话我保留意见，不敢说像生命一样看重，可是绝对在乎的。有一次过年，往房梁上挂红灯笼，大双把雷管箱抱过来垫脚，我爸一个砍脖子，他那手劲儿，叔你是知道的，就大双那身板儿和个头，都被打趴在地上了。老东西都笨拙结实，垫脚咋了？从那以后我们也都知道雷管箱在父亲心中的分量。”

陈叔摆摆手说：“那是后来的事，我是说刚开始那几年，你爸拿回荣誉证书乱丢乱塞，也没处放，压在被毡下面，几天就揉成碎片了，大一点的往墙上贴，倒不是把墙壁当成了光荣榜，那时候墙都是泥墙，摩挲着掉土，奖状多是油光纸，贴上耐磨，土就不糊衣服了。后来，从地坑窑往出搬时，贴得太实落，好些在墙上没扒下来，后来才用雷管箱装荣誉证书，雷管箱还是我给找的。”

陈叔翻着说：“绝对过四百个了。开矿之初那几年，有些奖没有荣誉证书，就会上宣布一下，发个文件。刚开始矿上的文化人少得可怜，写个奖状都得到局里（矿务局）去求人，有几个有点文化的人，都是白识字，个个字写得老难看了，让写奖状，都不愿意提笔。奖状一类的东西那可是要往墙上贴挂、手里端捧的，怕丢人。还有一些奖吧，奖的是日常用的东西，什么搪瓷缸子、竹皮暖壶、烧水壶、脸盆、穿衣镜啥的，用红漆往上喷个‘奖’字就算数。有的发奖杯，制作奖杯的时候连荣誉也制作上了，哪像现在，奖状都是打印的，都图实惠，发奖金。”

喷着“奖”字的搪瓷缸子、竹皮暖壶、烧水壶、脸盆、穿衣镜这类奖品我是有记忆的，不要说我家用，就是老班长书、福中叔、石头叔家都用的是父亲的奖品。

我说：“我听到过这样的话，说我父亲个头大，站在那里比人高一个头，说是评先进的时候，领导一抬眼就看见他了，一指就大个子了。”

陈叔一拍桌子站起来说：“谁说的？！你告诉我，看我不用砖拍狗日的。先进那是干出来的！按出煤量，你爸一个人能干三个人的量，哪里像现在评先进，争得头破血流的。你给我说是谁说的，我找狗日的去！”

我忙说：“是我爸自己说的。”

陈叔说：“你爸这么说你就信了？连这是句笑话都听不来？不是我左手拉住，右手早给你一个砍脖子，让你摸不着东南西北。”

“不是我左手拉住，右手早给你一个砍脖子，让你摸不着东南西北。”这是陈叔最典型的口头禅。

“先进那是评出来的，你公司先进是这么评的？那时候的先进那是实实在在干出来的，不像现在还搞什么平衡、照顾。那时候评奖单纯得很，你只要踏踏实实干，就会拿到荣誉，谁能干就奖励谁。你爸是把活儿当活儿干的人。当时采煤还处于原始状态，钢钎、洋镐、铁锹、背篼，干活就是下苦力，煤由人工背上井来的，看看博物馆就知道了。”陈叔显然沉浸到过去的岁月中，“你爸个高，壮实，锹头都比别人大一倍，又会使巧劲。别看就是个挖煤，许多人好像觉得没有一点技术含量，光有劲是挖不过别人的。你爸很聪明的，要有知识肯定是个发明家、创造者。他掘进有逆茬、顺茬一套经验，哪些地方逆茬掘进，哪些地方顺茬掘进，就是不一样，你爸一锹能掘下一车煤。当然，重要的是干活要认真，你爸干活不惜力，不躲尖溜滑，一人背两个人的煤量，不少背一锹，不像有些人躲尖溜滑磨洋工。也不是力大的就能干了，矿工都是农村来的，大多有力气，可有的人就躲尖溜滑，能少干一锹就少干一锹。你爸是把活儿当活儿的干哩。你爸有句名言，知道吗？”

我摇摇头，陈叔说：“干活干活，干着活着。”

我说：“这也算是名言？”

陈叔一拍桌子说：“像你们这代人，好逸恶劳，都推崇不劳而获。”

我笑笑，陈叔说：“知道你爸的座右铭是什么吗？”

“我爸还有座右铭？”

“就是毛主席语录里的那句：世界上怕就怕‘认真’二字。矿上每年都争取突破，搞大会战，取得更高成绩，像什么大干一百天，大干五十天，大干一个月的，只要大干，你爸都是小组长、组长，活儿派给他你就不用操心，绝对不会拖后腿的。”

当时有部动画电影《小猫钓鱼》，电影的主题歌《劳动最光荣》成为父亲口中的流行歌曲：

太阳光金亮亮，雄鸡唱三唱；
花儿醒来了，鸟儿忙梳妆。
小喜鹊，造新房，
小蜜蜂，采蜜忙，
幸福的生活从哪里来？
要靠劳动来创造。
青青的叶儿红红的花，小蝴蝶贪玩耍，
不爱劳动不学习，我们大家不学它。
要学喜鹊造新房，要学蜜蜂采蜜糖，
劳动的快乐说不尽，劳动的创造最光荣。

歌词我记得一字不差，是因为有父亲在的地方，就会听到这首歌的旋律。他哼着唱着，“劳动的快乐说不尽，劳动的创造最光荣”，这句歌词也成了父亲经常吟咏的诗句。我一直自以为是地以为，就像那时候给人写评语，有一句非常流行的话：热爱劳动！父亲哼这首歌，倒不是作秀，无非就是像八十年代港台歌曲流行开来后，许多人都会哼唱，并不代表他真正喜欢这首歌。谁会真正喜欢劳动呢！

“还有说我爸是为了奖金……”

“你爸会看上那几个奖金？他有打编芨芨的手艺，有拿荣誉那工夫，生产芨芨制品不比挖煤能挣？”

我敬了陈叔一杯酒说：“陈叔，您随意喝。”

陈叔一饮而尽说：“其实，许多人都对你爸并不了解，有些荣誉是你爸无意拿到的，”陈叔一张一张看得很细致，“你爸总是背个老大的帆布包，去往矿上的路上一遇到掉落的太西煤块，就捡起来装进包里，到了矿上将煤块丢进煤堆。拾煤块在矿工中并不稀见，但拾了都背回家架火炉烧锅灶了。你爸将拣的煤倒回矿上煤堆的举动遭到矿工的笑话，矿上给你爸发节约奖，就有人说你爸是作秀。哦，那时间还没有这个词，说是装。为了捞表现赢荣誉，开采出来的煤堆积如山，谁在乎你那拣来的几块煤。还有人拿你们拣煤块说事，说他几个儿子在矸石山拣的煤块咋不倒到矿上的煤堆上？人人有张口，说啥话的都有，娘希屁，有人说你爸拿荣誉走火入魔了，还有人说是看上奖品、奖金了，我在会上骂过，说这话的那是嘴吗？给女人养娃去！吗你爸从来不在乎，这我是很佩服的。我还跟他谈过，意思是人言可畏。你爸全然不在乎别人说三道四，依然拾煤不止，说这煤拿纸包裹着卖哩，烧了炉子实在太心疼了，用它烧火箭，火箭会飞得更快更远哩（父亲应该是从领导讲话中听到火箭烧太西煤的吧）。”

陈叔说：“局里丰富矿工文化生活，每个矿都成立篮球队，用打篮球提振工人的精神面貌。你爸大个子么，让他打篮球，他不打，他说任务这么重，还打啥篮球？我说你这么高的个头，不能推辞，这是任务！你爸说这也是任务的话，那我接了。你爸最讲原则，只要组织交代的任务，从来不推，不论什么工作，只要一提说这是任务，就接了。说个平常点的话，你爸不憨活，别看你爸个子大，一点都不笨，灵巧得很，你爸跳起来投篮，多少人欢呼，嘿嘿，多少女子心都给他揪了……”

“你媳妇不就是你爸救的么。你爸会水，水性极好，遇上了就救，领奖会上让他发表获奖感言，他却说不会水，千万别下水救人，救不了别人反搭一条命，一定要有把握才能下去救。当时领导里还有人说就是有救人送命的，也不该这么说。”

我给陈叔敬酒，陈叔说：“儿子永远看不起老子，我那几个儿子，嘿，狗日的从来都看不起我。”

我说：“不会吧？他们可都是仰仗着您哩，参加工作的年龄参加工作，下岗潮也没席卷到他们，也都在中层岗位上了，没有任何烦恼，可以安安稳稳工作到退休……”

陈叔摇摇头说：“我没升到局级，没让他们当上大官，没让他们发上大财呀！他们拿我和我一起来到石炭井开发建设的人比呀！说有多少人的儿子当了大官，有多少人的儿子成了大老板。不说了不说了，我有一回骂了他们，说就你们这素质，当了大官、当了大老板，早进去了。”

我说：“那是他们没跟我们比。”

“都朝上比，谁朝下比，我倒是常拿你教训他们。”

我给陈叔点了根烟，说：“陈叔，我爸拿到了这么多的荣誉，可是大荣誉却很少，不要说是国家级的，就是省级的都没有。按说有这样一个规律，除了特殊情况，大荣誉都是在小荣誉基础上产生的，比如说国家级荣誉一般都是在省级荣誉的基础上产生的。父亲拿到这么多的荣誉，至少应该有几个大荣誉，可为什么就没有拿到大荣誉呢？整个矿务局涌现出不少的国家级、省级荣誉获得者，仅劳模就有十多个，父亲却连省级的都没拿上，这有些怪异，不正常吧？为什么呢？”

“不止这一个疑问吧？还有我们和你爸都是第一批进入石炭井的，为啥基本都提拔了，就你爸一直下井到退休，是不？”

我拉住陈叔的手紧紧捏了捏。陈叔说：“这等你董叔来了让他给你讲。”

一周后来了五个人，白国祥、蔡荣龙、董明生、郑建刚、杜江南，都是和父亲第一批进入石炭井的，都已是七八十岁的人了。董叔曾经是一个很英武的人，如今却坐着轮椅。董叔做过副矿长，后来进了矿务局。

第一天就都进山，旧地重游。到了车无路可走处，其他人都步行要进入山谷时，董叔说：“小双，你陪我吧。”

从记事起，董叔一直叫我小名。

我说：“我推着您进谷。”

他说：“谢谢，推不了几步，我没趴下这轮椅就趴下了，这戈壁沟滩上，多硬的钢铁都会让你软了。”

我说：“那我推着您上那道山脊吧。”

董叔说：“好，好，这山脊在这方圆算是相对的制高点，四周都能尽收眼底。”

推着轮椅上山脊不算难，有一条路，还算平整。上了山脊，值仲秋，山风吹来，有点劲道。我说：“叔，这风，小心招祸。”

董叔说：“这算啥风，石炭井最红火的时候，也是风最猖狂的时候，身体单薄的人，站到山脊能给刮跑了。”

董叔感慨地说：“以前这沟谷坡洼都是人哩，现在你看荒凉的，跟开发前一样了。”

我点了根烟递给董叔。“看你爸，背着双手，多牛，再看看他们，一个个拄着拐杖，腰来腿不来的。”董叔深吸了一口烟徐徐吐出说，“你当是当官就好，我们一起来的几个人，四个都是当过官的，身体都是最差的。你看我这身体，跟你爸能比？我比你爸小六岁哩，你看我像个小六岁的人？都说小十六、二十六……”

董叔说：“小双，你陈叔跟我说起你跟他谈你爸的经历，我跟你爸都在掘进队，我个头小，身体也弱，体重不到九十斤，能有多大力气，干活不行。我上过三年私塾，你爸就给我说，你把字好好练着写写，你该吃识字这碗饭。过了几个月，你爸找到矿领导，说让给我调整工作，说我拖全队的后腿。你爸回来跟我就这么说的，我听后不高兴，说你咋能这么说呢？你爸说不这么说他们不调换，再说你就是拖大家后腿，好几个人有意见。这就是你爸的风格。他给领导说我识文断字的，找个写写画画的活儿，反正需要这样的人才。领导让我写了个东西，看了看，我就坐了办公室。后来我说你说话就不能讲个策略，让人听上去舒服些？好话都让你说日踏了。你爸说现在说话能让你舒服的人还少了？还缺我一个？你当心些那些说好听的话的人吧。”

“要说组织上对你爸是很认可的，你爸有过好几次升井的机会。记不清了，是六几年，“文化大革命”前的事，经矿上研究，让你爸升井坐办公室，进入煤矿中层，就在人事科，你爸干了两三个月就跑了。我和你爸谈过，你爸说当官要管人，管人就得动脑子，我这人最怕动脑子，我大字不识几个，看不了文件，不懂政策，识文断字的事儿就给那些文肚子吧，一个个能说会道的，人家读那么多书就是为了当官，我就是个大老粗，就是个干活的。你爸我还不知道，上扫盲班的时候他学得很认真的，他是能读报看文件的，这样的人矿上领导中一层，只是不想纠缠在人事中。在咱们石炭井矿工家庭都是老婆一个，孩子一窝，都指望着矿上，你知道有多难，事儿有多少……你爸给我说，有些人真是可怜，可有的人不讲理的，纯粹是胡搅蛮缠的，攀比、互相咬、互相骂，人没有挣死的，但有气死的，能把你的头气炸，办公室坐一天，头有背篼大，整天闷乎乎的……管人管事得有口才，能把死的说活，把活的说死，我有那口才？说个口干舌燥不如给上两拳，啥问题都解决了。小双啊，人是最不好管的，这林子大了，什么鸟都有，虽然多数人都是好的，但也有个别的。我干了一辈子人事，人事不好干，人事不是人干的，话不好听，但讲的是实情。哎呀，我给你说我打过人，不止一次打过人，有些搅屎棍能把你气死……”

我点点头。当我办起了公司，才发现最烦心的是人事。诉苦的、告状的、攀比的、耍脾气的、威胁的、装可怜的、下跪的……我这是私营公司，当然好处理，公家公司就没那么容易了。后来，我干脆把人事交给了副手，我只管副手。

“后来还有一次，那年提出‘大战一百天，产量翻一番’，也是准备提拔你爸的关键时刻，结果发生了矿难。煤矿只要发生矿难，你爸是突击组长，必受牵连，几年缓不过来……你爸当年负担重啊！幼年时一家子人给日本人祸害得老弱病残的，后来又有了你们弟兄，就凭他一个人的工资过日子。这也是原因吧，当年下井比坐办公室多三四倍工资。”董叔说，“当然，还有几个根本因素，第一个因素就是成分，运动一紧张，你爸当过国军的事就会被人翻出来。别的不说，就说荣誉吧，小荣誉不政审，大荣誉是必须政审的，上纲上线地审，一政审就审掉了。这种事一纠缠就是好些年，领导换了几茬，后来不纠缠了，你爸也老了。”董叔看看我，“这你们也应该有体会的。”董叔再没有往下说。

这我是很有体会的，可以说我是有着切肤之痛的。

我们的切肤之痛来自加入“红小兵”“红卫兵”组织。

说是“红小兵”，其实就是少先队，可加入的方式又与我们加入的少先队时不同。我们加入少先队时，只开了一次班会，全班尽戴红领巾，所有学生就都加入了！“红小兵”一次才发展十来个，专门召开班会研究，成分决定谁能成为红小兵。我家成分本来不错，可是让同学检举出来我父亲当过国军，加入“红小兵”的事就完蛋了。入队申请都是老师口述，大家一笔一画听写出来的，都一字不差。他们站在红旗下向着毛主席像高举着手臂庄严宣誓，我们成分不好的只能趴在窗子上看着，眼睛都要滴血了。

和好成分是一种资格一样，“红小兵”也是一种资格，有了这个资格，你才能有更多的资格，不然就失去很多资格。比如五一、六一、七一、八一、十一等节庆排演献礼节目，首先是从“红小兵”里选演员。没当上“红小兵”是会受“红小兵”的排斥与欺负的。这就是组织的力量。

“红小兵”有自己的歌：

“我们是毛主席的‘红小兵’，毛主席的话儿句句听。从小立下革命志，长大要当工农兵。好好学习，天天向上。跟着伟大领袖毛主席，要做共产主义接班人，接班人。”

这歌只能红小兵唱，没有“红小兵”资格的那些“红小兵”不让你唱，谁唱了要让他们听到了会组团问罪，给你开“拳头会”，学生很会发挥的。毛主席是我们的红司令，我们是毛主席的红小兵。多么让人热血沸腾的口号，加入自己的组织做一名“红小兵”小将是多么骄傲与光荣的事。

老师说没入红小兵的可以好好表现，努力争取。这调动了同学的积极性。主动打扫卫生的，擦玻璃的，好人好事做得分外多。

一班的郑兵带着几个学生到绿皮小火车上给乘客背诵毛主席语录，上了报，得到了矿上、局里的表彰，学校专门开了表彰大会，校长讲话，发奖状，要求大家借表彰的东风，把在绿皮小火车上背语录轰轰烈烈开展起来。班主任李玉善老师当即做了布置，分成了四个组，一个车厢一组，我们第一组去一车厢上背诵毛主席语录。我记忆力最好，会背的语录最多，指定我先背《愚公移山》。如果人们叫再来一个，再来一个时，就再背《为人民服务》，再叫好就背《纪念白求恩》。不要说“老三篇”我背得是滚瓜烂熟，我还会背许多毛主席诗词。我特想好好表现，争取立功受奖，就可能加入自己的组织，当上“红小兵”。

可谁知越想努力表现越易出事。第二天上车，人挤得了得。虽然学校已跟列车长交涉过，列车长也不敢轻视，专门给安排了，可人实在是太多了，无法保证我们所需要的位置和空间，只好拿来一个凳子让我站上去。我个头不小，往凳子上一站，挤得叠在一起的人们目光都投向了我。我就觉得唰的一下被强烈的电光击中，脑子一片空白。我背了两句，就再接不上来了，贴在胸前拿着红宝书的手，抖得像痉挛。车上的人笑声就像水一样淹过来，我更紧张了。

我不知道是咋回到学校的，一回来就被给班主任扇了一个耳光，我的头像个拨浪鼓晃着还没停下来，班主任又踢了我两脚，然后把我们组每个人踢了两脚，骂了个怂样子。

因为在火车上的失常，从此班上再搞活动便不再安排我参加。我再也抬不起头来，很有些失落，但也正好有了自由。学校上课基本上是做个样子，学生要参加各种各样的社会活动，学工、学农，要到矿上工厂去向工人学习，到庄田农家去向农民学习，召开庆祝大会时要上街游行，开批斗会、公判会要去站队喊口号，开文艺演出要去唱歌，还要去挖防空洞，去校办工厂勤工俭学。那时还有农基课，学水稻的生长、分蘖，学拖拉机、抽水机等农业机械的操作。

后来，我们抱怨父亲不该填写他当国军的经历，父亲一绷眼睛说，不写,那不是骗人？再说不写就有好果子吃了？多少人吃了不老实的亏，连命都丢了。

是啊，运动中有些很荒唐奇怪的事。人的档案决定着未来。张叔曾经因为家庭成分压得喘不过气，在“文革”期间当了“造反派”。不过，他一不为做官，二不为抢财物，却做了一个惊天之举——砸开机要室，抢出了自己的档案！为此，被判了10年徒刑，落得个妻离子散，家破人亡，老母亲哭瞎了双眼。

“第二个因素是绯闻。”董叔深吸一口气说，“人有一张嘴，两大作用，吃饭和说话。可许多人的嘴还有第三个作用，就是戳闲话捣是非，只要有机会，人性的丑陋就按捺不住流露出来，各种传闻甚嚣尘上，传得后来矿上、局里的单位、部门都知道了，因为荣誉与利益、升迁挂钩啊。”

关于父亲绯闻的传说，这需要从几个婶娘说起。

死人的事是经常发生的，尤其是煤矿上。我看过一份资料，石炭井矿务局所属煤矿因各种事故共死亡六百余人。在硝烟弥漫的战场上与父亲互相托付过后事的老班长叔，非常幸运地活过多场战争，却死于瓦斯爆炸。

每个矿工之死，对于一工多农之家就是天塌地陷般的打击，要生存下去，女人带着孩子改嫁是一条路。老班长叔有三个孩子，且是三个儿子，都正值半大小子吃死老子的年龄，那就是三座大山，雪梅婶再嫁个没结婚的当然好，可谁会甘心养活三个与自己没血缘的孩子？而在石炭井，矿工找对象如果不是定位在双职工的标准上，找老婆并不难。煤矿工人能挣钱，这一条件就足够了。因此大量偏远山区的盲流涌入，以女性为多，目标就是嫁个矿工。如果再嫁个结过婚的，一结合五六个甚至七八个孩子，且不说靠一个人的工资生活有多难，前房儿后房女的，一碗水端得再平别人都有闲话，后娘不好当。雪梅婶对自己的前景看得清楚明白，声明不再嫁人。一个寡妇带着三个儿子生活，没有任何依靠，父亲怎么可能不管。雪梅婶一直卖菜，从菜贩子手里拿菜再卖利润太薄，从菜农地里批发菜利润厚，可是路途远。老班长叔在的时候常常早早起来，拉着架子车去批菜，到菜市场两人整理捆成大大小小的把子。老班长叔死了，父亲就陪雪梅婶拉架子车去批菜，到菜市场整理打捆，然后直接上矿上。后来矿上赔偿了点钱，又安排雪梅婶在矿食堂做饭，五更就得去矿上上灶，翻两道梁三道沟谷，狼虽让人惊吓得钻进深山老林中去了，却也有独狼，还发生过抢劫、强奸的事，父亲就五更起来去送。雪梅婶说别送了，你多睡睡吧，老了能有啥事。父亲说万一有个事，你咋活，我咋活，到了那世咋见老班长，我们是托过命的。

福中叔死于肺病，也留下三个孩子，一女两儿。福中叔临终时拉着父亲的手说，一日为师，终身为父。师父，原谅徒弟这辈子再不能在你跟前陪你了，下辈子徒弟做牛做马报答你，我要走了，叫你声老哥，我把整个家托付给你了，没有你他们活不下去。既然一日为师，终身为父，那么对徒弟师父则负有父亲的责任。听说福中叔还对父亲和母亲说，你们和桂花过三口子日子吧。桂花婶一直在街上摆个补鞋补衣的摊子，兼卖鞋垫，雪梅婶到矿上做了饭，桂花婶就接了雪梅婶卖菜的一切，并买了一头驴，自己去菜农那里批菜，再到市场上去卖。桂花婶不让父亲再送雪梅婶，她和雪梅婶结伴走，这样桂花婶就得早起一个到两个小时，多走三四里路。

再就是春枝婶了。

到了年节，父亲会带我们浪一回石炭井的年货大集，当然是四家一同去的。我们到矿上的浴池洗个大澡，再办年货，大大小小的每人都背一个用化肥袋改制的背袋，浩浩荡荡地逛街。我们这样的矿工家庭不少，在石炭井街上出现这样的队伍不稀奇。办好了年货，在大头餐馆下一顿馆子，类似现在的吃年夜饭，只不过不是在大年三十罢了。那时候的大年三十，怎么都是要在家里过的，用传统的话说，要等候先人的魂魄归来。从我记事起到高中毕业，虽然几个叔叔亡的亡、走的走，但这样办年货，一直如旧。父亲的肩头永远架着石头叔的傻儿子小宝。小宝会走了，他就拉在手里。宝子有自残倾向，时不时会暴怒打人，只要父亲在，他永远是安静地依偎在父亲身边，直到十几岁上被洪水卷走。以至于建党处对象的时候，对方竟然说我家有个傻子。

父亲的绯闻，我们当然也是听到的。我们弟兄坚信父亲是清白的，倒不是为了维护父亲的声誉，而是因为自懂事以来，我是说我们有了思考与认识以来，我们越来越看不起父亲，他那么窝囊谁能看上他呢？我们甚至想，母亲对父亲很放心，也是因为父亲的窝囊。我们自以为是地认为父亲就是个傻大个，就知道劳动下苦，不懂这个社会。现在想来，父亲如果与几个婶娘中任何一位有那样的事，定然会被十几个上天钻地无孔不入的孩子踩到脚底下，定然会传得沸沸扬扬。周武孝就带人捉了他爸的奸，把他爸从领导岗位上拉了下来。

福中叔的小儿子成功，小学时写的《我的父亲》这篇作文，其实写的就是我的父亲。这在当时产生了轰动效应。因为他是遗腹子，福中叔去世后出生的，就有人说他是父亲的种，传得风言风语的。他曾跪在父亲膝下，说你娶我妈吧，做我的爹吧，都说你是我爹，我在所有庙里求过，神仙都同意你做我的爹。他跪在那里拉都拉不起来。后来他拿砖头砸父亲，吼骂父亲说你不娶我妈，你占着我妈做啥？让桂花婶一个耳光扇得满面血光，他就离家出走了，害我们找了他好几天。这当然为父亲的绯闻添上了重重的一笔。

卷毛为此曾经打过一架。工厂没有什么比打架更稀松平常的事了，三句话扛上了，挥拳就打，还有的觉得寡淡了，就中间挑事。一些人就这么打出了威信，做事就横了。卷毛厂里有个“二不要”，即不要脸、不要命，从来都是借钱不还。一般人借钱还不上，看见你了早早就躲开了，可他照样往你跟前凑，抽你的烟，喝你的酒，打架老是拿出不要命的架势，提了锤子就抡？谁不怕死呢？就躲，他就得寸进尺。正如那话所说，不要脸的人在要脸的跟前总是要占便宜，不要命的人在要命的人跟前总要得风光的。结果“二不要”竟然无人敢惹，成了一方领袖。厂里打架除非致残致命，否则派出所一般是不闻不问的。一日卷毛进厂，“二不要”叫卷毛站住，说把烟给老子。卷毛说我不抽烟。“二不要”说去给老子买来。卷毛却没动，“二不要”就用手指勾卷毛过去，卷毛依然不动。“二不要”颐指气使惯了，哪里受得了这窝囊，他吼道，你个嫖客日下的，老子叫你你没听到！卷毛走向“二不要”，“二不要”说你到底是谁的种，敢在老子跟前……后面的话还没说出来，卷毛一拳就打飞了“二不要”的两颗前门牙。卷毛是比着和我们做俯卧撑，举石锁，个子不高，却是个肉磙子。卷毛再一勾拳，“二不要”一个兔儿蹬天，四仰八叉地躺在了地上。卷毛早就想打“二不要”了，“二不要”在背后说春枝婶和父亲的事他不止一次听到过。围着的工人哄堂大笑。“二不要”面子丢大了，然而，他也深知动手不是卷毛的对手，他把血往脸上抹着，去了厂长办公室。厂长正好不在，他就往派出所去，就与父亲碰了个对面，他脑子一转，拦住了父亲，张口要一万元，不然他就要找派出所。“二不要”对父亲说，惊动派出所，厂里一切考核就会受影响，卷毛还未转正，即使不被开除也只能被辞退，厂长正找这茬口，开除一个人再收一个人，你是知道这中间的事的，卷毛无论是辞退还是开除，你再有本事，别人也会以这为借口不收的。“二不要”对事把握得明白。要知道当时的一万元，对于我家来说是巨款。父亲答应了一万元，但要他写了字据，以后绝不找后账，再不跟卷毛生事，而且要关照卷毛。“二不要”答应，写得清清楚楚。可是事情厂长已经知道了，要处理卷毛。这“二不要”得了一万，就去找厂长说是他挑的事，如果开除卷毛，他也不会省事的，他不能因自己断送了一个孩子的前程。卷毛保住了饭碗。没有不透风的墙，这一万元的事还是传出去了，是“二不要”给人卖派，被卷毛知道了。这就有了后来卷毛三打“二不要”，说你去告吧，老子要下了岗，你一家都会没命的。卷毛不但把一万元本钱打了回来，连利息都打了回来。

寡妇门前是非多。这尽人皆知的道理，父亲不是不知道，流言蜚语实在是很害人的，身正不怕影子斜，仅凭这句话是抵抗不了流言蜚语的。对于各种绯闻，父亲是泰然处之的。我行我素是对流言蜚语最好的回击。当然这是因为有母亲这样坚强的后盾。这里我为我的母亲感动。记忆中，我们四家人过的完全是集体生活，小湾人家院落相对独立，我们四家院落却是互相通着，有一个共用的小院子，种菜、收菜、腌菜、做西红柿酱、拉分的东西，每家的活都是一起做，不分你我。只要轮休凑在一起常吃大锅饭，父亲们像弟兄，捣罐罐、喝酒、干活，母亲们闲暇时坐在枣树下做着针线，像姊妹打打闹闹，不时发出一片笑声……雪梅婶、桂花婶、春枝婶都是早上出门，黑夜回来，都是整天不回的营生，孩子、园子和鸡鸭猪羊都是母亲给操心照料着。她们回家连饭都不用做，和我们同吃喝……几个叔叔去世的去世，走的走，我们依然这样生活着。多年后那些兄弟姐妹——几个叔的孩子——他们都回报给父母钱。母亲说：“穷顾穷顾，不顾咋办呢，不是你想不想做的事，事遇上了，不是自己的事也是自己的事，事情就在你眼前，你说在你脖子上骑过的孩子，给你尿了一身的孩子，他饿了，他冻了，他哭着，你能不管嘛！一步邻近的，亲帮亲，邻帮邻，你顾了日子紧张，可心里没事，你不顾日子消闲，可心里有事。哪么好哪么不好呢？这是人之常情，你们不也都资助西海固孩子么，一个理，你们老这么记着，倒让我们心里过意不去，一个人心里能装多少事，越少越好。”

她们始终如亲姊妹，从未有过一丝一毫的怀疑。要知道，母亲并不是没脾气的人，她发起脾气来比父亲要大十倍。母亲不跟人生事，但从不怕事，跟她生事的人都怯。母亲永远相信着我的父亲维护着我的父亲，大双听了闲话骂了父亲老流氓，结果让娘一个嘴巴扇得血流满面。母亲说一家一家摊上事了，不管你睡得着？不管你能活下去？有人的地方就有闲言碎语，皇上再厉害，也缭不了人的嘴。传言再让人害怕，只要你不在乎它，它不就是一阵风，刮过就刮过了，它拿你就没办法了。那年，我跟孙桂芬闹情绪，因为互相猜忌，母亲说了一句话让我们受益终身。母亲说，疑人不爱，爱人不疑，你不相信她，你爱她什么呢？要是怀疑这怀疑那的，这世上没有一对夫妻能一起生活一辈子。母亲说你们像我们学习吧。

董叔说：“人的一辈子极短的，掐去少老两头，真正干事业就二三十年光景，哪能经得住这样的耽误。这两种原因谁扯上都纠缠不清的，那个年代有的人就纠缠一辈子。”

风像细梳梳着，阳光就非常的好。董叔说：“石炭井的阳光就是好，能烤出骨子里的阴寒啊。”

董叔又点了一根烟，长吸一口说：“现在流行一个词——担当，都在讲担当。你爸是个有担当的人。等到你们长大面临就业，正是石炭井最红火的时节，安排一个人得矿长亲自拍板。老班长死于矿难，儿子到了年纪矿上就要招收的，有这规定的，可规定是规定，你还得有人跑，何况十几年前的事了，你爸跑前跑后的无数次，才答应给安排下井。你爸不同意，说他爸下井亡了，你们还让他下井？他逼我，我只能顶着矿长去办了。李福中是病死的，石头又是跑了的，就没那么容易了。那年年终表彰大会上，你爸受表彰，矿长为你爸颁奖时，握住你爸的手说，把你大哥安排到采煤队上班。你爸却说，让李福中的儿子李志先上班。矿长没有说话。你爸很聪明，知道离开会场，再找领导可就很难了，就是找到了，说话也没分量了。他一直盯着矿长，会一散，你爸就拉住了矿长。你爸说，李志他爸当矿工的时候，他们一家在咱们矿上有根，他爸一死，他们一家就成了无根的浮草，无依无靠，李志当了矿工，他们一家就有根了，再没有漂泊感了。你爸这话说得好，矿长特批你大哥和李志都就业，可你爸却让石头的儿子成功顶了你大哥的名额。你大哥到了就业年龄，一时就不了业，后来就当了兵……你爸并不是争，有不争，有争，过了底线，他必然出面的，也勇于出面。私营煤矿的进入，引发了一系列变化，在一次矿难中，因为国家矿赔的不及私营矿的，你爸带头生的事，这是会上研究时有人说的。那时候你爸已经退休几年了。”

董叔还讲到了几件事。一件是“铝饭盒”事件。董叔说：“有一年，你爸赢得了上好的机遇，矿上准备报你爸为省劳模候选人，而且拟提拔为掘进队队长。预备会都已经定了，却出了‘铝饭盒’事件。那时候都还年轻，团委的意见很重要，团委别人都没意见，到刘玉凤那儿硬硬给卡住了。刘玉凤是团委副书记，要说吧，她一开始对你爸还是很看重的，只要有活动，爱来找你爸。你爸篮球打得好，歌也唱得好，让做事挺指事儿的。刘玉凤当了团委书记后，曾想让他到团委去。“铝饭盒”的叔叔不要说是在一个矿，就是在局里，用现在的话说也是大佬。刘玉凤有一张青春痘一团一团、脸上坑坑岗岗的扁平脸，就像摔绊了多年的铝饭盒。绰号不知道谁取的，传到刘玉凤耳朵里就成了你爸取的。她给你爸写过一封信，用词难听，一点不留情面。毛主席语录说没有调查，就没有发言权。刘玉凤不但不调查，更不听人解释，没弄清情况就乱发脾气。你爸也回了一封信，也没有客气，每句话都是对应着她来信中的话写的。人家有叔叔这个背景，很快就调走了，不调走不好待，因为总有人取笑她。几个人坐在那里抽烟，看见她走过来，就故意说得换个钢饭盒了，铝的太软，一指头就捣个坑，再不就说中午把我的铝饭盒带上，我要打红烧肉哩。去年和你爸说起过往的人和事，许多人在时间的流逝中都模糊了忘记了，铝饭盒你爸倒记得。你爸非常感慨地说，一辈子过去了多少人，大多数都忘记了，她其实在我们矿上待了不长时间，也就一两年吧，她倒是给记住了，倒不是记住了仇恨，这岁数了还有啥仇恨，而是记住了那张脸。你爸还说要是现在的科技，药品、化妆品多得，保证不会害成那样。说及这件事时，我说应该是有人陷害的，有人盯着团委空出来的名额，也盯着省级劳模的荣誉哩。几年前吧，她来看你爸了，专门招呼了你爸和我们一帮人，搂着你爸哭了，哭得伤心。老了实话也出来了，原来她真是看上你爸了，结果有人插了这么一杠，她因爱生仇。我问她插那一杠的是谁，你爸说问那干啥……你爸就是这样，许多事别人还装在心里，他早已放下了，心如止水……”

董叔一帮人走后，又来了一帮人，来自父亲的另一个朋友圈，几乎都是石嘴山的先进模范，是在各种表彰会上认识的，他们是来给树刷石灰穿冬装的。他们是“我是世上一棵树”的积极响应者，在这里都栽下了以自己的名字命名的树。

子瑞提出给他们发荣誉册，父亲一翻眼睛说：“给他们发这，胡整。”

子瑞说：“爷，你也太低调了。”

父亲笑笑说：“不许发这，也不能让他们看见。”

子瑞的圈子里媒体的不少，从国家媒体到地方媒体的都有。前不久，父亲的荣誉证书吸引了他们，要采访父亲，说这一定会引起轰动，而且能拿中国新闻奖，父亲拒绝了采访。他们又说要采访父亲植树情怀，父亲依然拒绝了。记者还是来了，父亲却一走几日不见。

第十二章

过了知天命之年，不管是不是作家，只要有点文字基础、从事文字工作的，都会写点东西，写写家人亲朋，回忆回忆逝去的岁月。我也不例外。当然，我没有从事过文字工作，可我爱好过文学。

安上峰叔当了春光厂厂长，我进了春光厂。上班半年，安上峰叔安排我上了技校，说去拿个文凭吧，技校的文凭算是中专文凭，在矿务局还是很吃香的。那时正是文学的黄金时代，煤炭企业有钱，载体、园地多，文化事业就很热闹，文学就很滋润，搞的文学活动也多。《石炭井矿工报》就有文学版，登载诗和散文、小小说。技校有文学社，这样我就与文学结了缘。那时候的诗歌风头正健，我也写过诗。当然，我在文学上并没有走多远，然而爱好文学给予我一生最大的益处是我喜欢上了读书，这成为一生的爱好。爱默生说，书籍可以取代最好的大学。过了知天命之年，看到别人写的自己的经历那么温馨有趣，我忽然有了写点东西的冲动，毕竟一生有太多的经历值得去回味、记录。

不同的是，我没有写父亲，而且一直也没有要写的念头，因为在我心目中父亲太普通，实话实说，是太窝囊了。这是因为他的周边有许多比他成功的人。过了知天命之年，我审视过许多人，却从未审视过自己的父亲，更别说像汪曾祺先生所说的“多年父子成兄弟”的那种境界。我与父亲的关系，也仅仅是父子关系，我们就像两条火车道，相伴相生，却从不交互。

那年我送春枝婶回法国，在法国巴黎机场候机，浏览机场书店，发现中文书籍和翻译成中文的书籍不少。许多当然是针对中国人的，中国是法国最大的客源地。一本阿兰·德波顿的《身份的焦虑》吸引了我。书中提出了两个人人关心的问题：一是在他人眼里我是怎样一个人？二是我是个成功者还是失败者？阿兰·德波顿说每个人的内心，都潜藏着对自身身份的一种难言的“焦虑”。我们为什么会为“身份”而焦虑？因为我们的自我感觉和自我认同。广义上来说身份是指一个人在他人眼中的价值，完全受制于他人对我们的看法和评价，而当代人的身份价值和财富、地位、名声、权力、影响紧密地联系起来，追求的是功名利禄，身份最核心的标准就是最大限度获得社会的认同感，赢得尊严和尊重。因此，一些人言谈举止带着强烈的目的性，而恰恰是在追求身份的社会认同感时迷失了本真的自己。

我想到了父亲，他本身并没有身份的焦虑，而是我们将焦虑强加在了父亲身上。

我们总是以成败论英雄，事实上在日常生活中哪有什么成败、英雄。之于父亲，他只是那样生活着，那是一种很本质的生活，没有通过这样的生活企求什么，他把自己所做的一切看成是应该做的。王小波说，人的一切痛苦，本质上都是对自己的无能的愤怒。事实上，我们则是把“对自己的无能的愤怒”变成了对“父亲的无能的愤怒”。

我们是崇拜父亲的，我崇拜过不少的父亲，但从未崇拜过自己的父亲，更没有想过要写成《父亲的歌》。

父亲的内心有一个了不起的自我，具有一般人不具备的强大的抗击世俗的力量。过了不惑之年，自己的生活过得从容了，我曾思考过父亲这股力量来自何处，但没有答案。

现在想来，这来自他参加过太多的战争，见过太多的死亡。抗美援朝战争中，他们一个营的兵力打得只剩下十几个人。他说过一句话，活着即天堂。生活中他没有叹息、沉默、沉重、悲伤、低迷，他一直深深地处于生活状态中。不像许多不满足的人，心里填满了各种不满的怨愤。

大伯去世那年，我陪伴大伯一月，大伯给我讲述了父亲，我才真正了解了父亲。

大伯，十几岁失去双腿，活到了一百零三岁。大伯念过私塾，跑过脚，说过书。聪明绝顶，心灵手巧，什么事都比旁人学得快，做得好。双腿被炸掉，他就把草编当了职业，用玉米皮、芨芨、茅草、麦秸、瑯琊草等编成帽、篮、篓、筐、盒、盘、箱、茶垫、坐垫、箸笼、饭包、笊篱、菜筛、锅盖、扇子、花盆套、纸篓、信插、茶杯套、玩具、拖鞋、提包、地毯、睡席、蓑衣、玉米皮凉衫、灯伞、墙壁装饰纸、草屏风、草墙纸等用品，光草鞋就有常穿的草鞋、冬季穿的蒲窝及各式拖鞋与凉鞋等。

草编工艺极为丰富，有编辫、平编、绞编、编花（如等）、锥砌法、串接、串钉、串连、缠扣、缠锯、缠边、缠画、包裹、拧编、卷折、缝绣、粘贴、割花扎勒，有风眼、鹰爪、马蔺垛、套扣、链子扣、小浪花、十字扣、曲径扣、粽子扣、梅花扣等，各种技法虚实、疏密、明暗相比相济。

20 世纪 90 年代时，老家的草编已远销世界各地，老家成了草编织品集散地。随着“回到大自然去”理念的盛行，草编工艺品的身价倍增，以苇、蒲制作各种草墙席，更使传统的草编成了现代建筑的室内建筑材料。大伯是厂里的高级技师，后来成了草编非遗传承人，办起了自己的草编厂。

我闯深圳开凉皮店，父母打折家底（这是实实在在的，给我的钱里有五毛的）连两万块都没有，闯荡一年，没有大的发展，这时候大伯却一次借我五十万。当时我并没有想到向大伯张口，因为我觉得大伯未必有钱。那时候的五十万可不是小数目，大伯于我恩同再造。因此，这些年我始终把大伯当恩人一样，除了去探望，逢年过节时总要寄礼物表达感恩之情。

“1930 年，你爸是你爷爷带着一家老小在逃难路上被大炮催生的。这一年的中国乱得，用广播上的话说内忧外患，土匪蜂起。军阀对于土匪只剿不灭，因为上上下下跟土匪都有勾连。土匪在地方上祸害几年，队伍被壮大起来，军阀混战一开始，就成了被招安的对象，你争我抢的招安，土匪军装一穿就成了正规军。做土匪成了许多人谋前程的一条路，老百姓只能背井离乡到处逃命。你奶奶怀身大肚的，估摸着要生了，就在一个镇子上的几间破草屋里扎了脚。第三天还是第四天一大早，你奶奶肚子疼，觉得要生了，你奶奶觉得自己生没问题，因为已经生过四个孩子，除了老大找了老娘婆，其余三个都是自己生的，老四都掉到裤裆里了。死了两个，你爸是第五胎。你奶奶想自己生应该没问题，就没找老娘婆，也没给家里人说。一家人一早就都出门讨生活去了，你奶奶一个人待在一间破草屋里，自己烧了水，熬上了米汤，做好了生产的准备，等着娃生出来，可是迟迟不生，肚子却疼得厉害。又忍受了一阵，还是不生。你奶奶就想到自己生老四肚子疼起来时，是去河里提水洗衣服，正洗衣服呢，羊水就破了，她起身就往回走，没走出几步就生在裤裆了。你奶奶就强忍着疼痛，提了桶去河里提水，也带了两件洗的衣服，想着水提回来也就生下了。肚子疼得断气断气的，就是没有生的感觉，你奶奶强撑着洗了两件衣服，提水回来，却没有生出来。肚子越疼越来劲了，疼得你奶奶直在地上打滚，可就是生不出来。已经小晌午了，奶奶给疼痛折磨得连动弹的气力都没了。你奶奶后来说，生了四个孩子加起来都没这么疼过。你奶奶觉得不好了，难产的孩子会被认为是克母，是来要她的命的。奶奶就想自己死了已经生下的四个娃咋活，就想着把肚子里的这个处置了去，反正生下来养活也难。你奶奶跪下磕头祷告后，开始连挤带压，又蹦又跳地正折腾着，忽然响了一个炸雷，奶奶给吓了个仰躺。她给吓坏了。屋顶门框震得啪啦啦地乱响，土尘都刷刷下落，草屋就像要倒塌了似的。真有晴天霹雳？雷要殛她？那火球应该把这草屋都烧着了呀！她挣扎着看看门外，阳光火辣辣的，也没起火。忽然门外跑过纷乱奔逃的人群，就听说打起来了，打起来了。你奶奶已经顾不上挣扎起来去问了，因为你爸已经生在裤裆里了。后来才知道，那声响不是炸雷，而是炮声。第一声炮响过，短暂的寂静后，密集的枪炮声便如放鞭炮。炮声为你爸催了生。

“按说应该等你爸肚脐断了，吃个饱肚子，把熬好的米汤喝了再走，可是城乱了，出外讨生活的爷爷带着一家人跑回来，奶奶就用被子裹了抱了，一家人就又开始逃亡了。活了命大，死了就死了，军阀混战时期么，地方就乱了，没人管了，土匪就起来了，庄子被抢了几回。实在待不下去了，一家人就一直在逃亡路上。逃难中他们在路上已经死过两个孩子，已经习惯了，一点都不紧张。刚刚出生的你爸在奶奶怀抱中颠簸，哭声好似与炮声比高，一直随奔逃到城外。你爸没了声息，奶奶才在一个土埂上坐下来，打开包裹看你爸是不是死了，一看笑了，你爸嘴里嘲着脐带。那时候日子难过啊，我们都七八岁上就开始拉长工，冬天没鞋穿，脚冻得实在不行，把脚揣进雪堆里、牛粪骡粪堆里取暖，脚拉出来时指头蛋上已结成冰疙瘩，走路就像是铃铛碰得刷啦啦响，稍一受热，水就噗嗒嗒落下来。没有衣服，我们就光着身子穿皮袄，腰里再系根草绳。皮袄知道不？毛朝里，生了虱子就钻在毛里捉不上，得要找个避风的旮旯儿，脱下来翻出毛来晒，虱子也来到毛梢梢上晒太阳，我们就开始捉虱子，可哪能捉净呢，虱子胤得又快，有些虱子都长尾巴了，咬得我们满身是包。

“你爸个头高，十三岁就给人顶兵，那时候到处打仗，当兵任务重，二出一四出二，后来都三出二，人都跑兵，就抓壮丁。有钱人家出钱雇人当兵，你爸就顶兵挣钱养家，当了兵，伺机逃脱，再顶兵，竟然几次逃脱。你爸命大，有一次枪子打穿鞋后跟，他依然逃脱了，想着都怕人，要是枪稍抬一点，肯定没命了，你想打折了腿还能跑？肯定抓住了，抓住就枪毙，都不用往上报，对逃兵他们恨死了。十四岁那年，你爸替人顶兵，到了部队上连训练都没有训练，就直接上了战场。班长是一位四十出头的老兵。他是替儿子当兵。他就一个儿子，怕儿子上战场死了，这一脉人就断了，不孝有三无后为大。有些兵有钢盔，他们没有，新兵都喊着要去找长官要，班长说要不上的，这时间购置要花钱，谁愿意为你们花钱，等战斗打响了，钢盔有的是，戴都戴不完。大家问为啥？既然有钢盔，为啥现在不发，非要等仗打起来才发？老兵说到时候你就知道了。战斗一打响，就死了一批人，老兵说拣着戴呀，能戴完？老兵拣了一个戴上。你爸说那不吉利，快脱掉，太不吉利了。老兵说要真是神鬼主宰这个世界，这个世界就不会乱到这个样子，快拣一个戴上。你爸说我不戴，死人的钢盔不吉利。老兵把自己头上的钢盔抹下来说，这个我已经戴过了，鬼找后账找我，不找你了。老兵把钢盔戴到你爸头上，去拣另一个钢盔时，枪响了，老兵的脑浆溅了你爸一脸。你爸扑过去叫老班长，钢盔上挨了一枪，要不是钢盔，长几颗脑袋都开花了。你爸吓丢了魂。部队上还好，给送了回来，你爸蹲在炕旮旯里，两眼无神，就像木头人，叫魂叫了一周，又请阴阳驱鬼。好转了，就跟着我跑脚。

“日本鬼子炸了村庄，一家人死的死，残的残，我给炸掉了双腿，小的又小，一家人生活就全靠你爸了，你爸就接替我给人跑脚。跑脚苦啊，一出门半年一年的，没有春夏秋冬，不分风霜雨雪。你爸能吃苦。你知道不？他跑过苏联，到过莫斯科、彼得堡。那条路灾害多，暴雪暴雨，山洪雪崩，黑风红日，还有狼虫虎豹，路上土匪也多。苏联地盘大，尽是荒凉地，一走多少天见不到人烟，水泡子多，沿着路走，得绕出五六十里甚至上百里的路程，从中间穿过又怕被水泡子吸住，吸住就把你活活吞了，老脚户都不愿意跑，你爸跑了……”

我恍然大悟，中学开了俄语课，父亲教给我们一个顺口溜：哈尔滨一到，说话毛子调，握手“拿国姆”，“达拉斯其”好。奶油“斯米旦”，“列巴”大面包，水桶“喂得罗”，“戈栏”拧水到，“拦波”电灯泡。谢谢“斯巴细”，“把脚抹”走掉。大官“戈比旦”，“木什斗克”叨，旅馆开“孬门儿”，“玛达姆”卖俏。工人“老脖带”，“咕食”不老好。“骚达子”买货，“喀唧”少两毛，鼻溜儿打歪，巴篱子等着。顶好是“上高”，“捏肚”“哈拉少”……这是哈尔滨的俄语洋泾浜，可是让我们风光了好一段时日。

“你爸命大哩，从日本鬼子手里活过来的，杀过日本鬼子。”大伯看看我继续说，“你爸跑脚，给日本人抓了，人、货、牲口都归了日本鬼子。那时候日本鬼子已经走下坡路了，遍地都是抗日队伍，日本鬼子就疯狂大扫荡，让你爸他们赶着牲口拉着大炮挨乡挨村扫荡，走在队伍前面蹚雷。他们一共十二个人，日本人抓他们时就打死了三个，三个被炸死了，后来一个又让松下队长喝了酒当了靶子，打成了筛子底。扫荡回去，他们就上了手铐脚链，跟牲口关在牲口窑里。鬼子是占了大户人家的堡子，这堡子也是为防土匪，建在三面是悬崖的一个峁顶。牲口窑很大。后来，他们发现了窨子洞，牲口窑的窑掌有一堆粪草，天气寒冷了，他们每天点点粪草取暖。粪草快烧完的时候，发现堆着粪草的那块地皮烧裂了密密麻麻的口子，原来七八寸厚的土层下面是木板，揭开就是窨子口。窨子洞是为跑土匪挖的，一直通到村外隐蔽的地方。窨子洞一直通到后山，出口在悬崖上，他们摸清了路，又想着这么走了太便宜鬼子了。狗日的松下太坏了，把馒头用尿泡了让他们吃，给狼狗吃的都比他们好。你爸屁股上的刀疤，就是松下刺的。他们知道大户人家筑的堡子，一般窨子跟每个房间窑洞都通着，只是互通的道口非常隐蔽。他们摸索着竟然发现了鬼子的武器弹药库。他们把武器弹药库给炸了，鬼子的碉堡贴着悬崖，也塌了，死了十几个鬼子。”

我说：“那鬼子队长叫松下？”

“松下太郎还是几郎，日本鬼子就那么个名字。”

我家一直到八十年代末期才有了买电视机的实力，那时候电视机还是凭票供应，舅舅给弄了一张松下牌电视机的票，还是平价的。这多么难得，要知道电器上当时日本货是很紧俏的。父亲却不要，为此我们据理力争，大发脾气，父亲坚决不要。

舅舅很不解，问：“为啥？要是差钱我先给你拿上。”

父亲说：“不是钱的事。”

舅舅说：“那是啥的事？”

父亲只是摇头，大双说：“脑子的事呗。”

“日本人赶跑了，可世道仍然乱，跑脚路上到处是土匪，杂牌军也抢，你爸就又开始给人顶兵，当了兵就再伺机逃跑，再替人顶兵，挣军饷养家糊口。1947 年，你爸顶了兵就直接上了战场，跟解放军打仗，打不过，整个部队就逃。后来团长带着一个团投了解放军，参加过辽沈战役、淮海战役、平津战役、渡江战役，之后又参加了剿匪和抗美援朝。就说一起下井这些年死了多少人，你爸命大啊，一路上活过来了，是从死人堆里爬出来的。死了多少人啊，你爸老说活着就够幸运了，活着就是天堂……”

“我爸从来没给我们讲过他这些经历。”

“他跟我说给你们讲这些做啥呢，让他们知道这些有啥意思呢，人心里事越少越好，让他们心里清清爽爽的。我说这咋能不说呢，给日本人的仇要记着。你爸说日本人的仇国家记着呢，现在你看谁不恨日本人，真到了那天，他们会全上战场。”大伯说着，拍了我一巴掌，“你爸想事与人不一样，他经历得太多了。”

“建邦给我说你爸窝囊，和他一同进矿的都升了，你们都看不起你爸。我说那你就争个气，考他个北大、清华，长长出口气。当时我没说他，只希望他能把书念成。”大伯喝了口茶，要上洗手间。

建邦上学学习一直不错的，父亲寄予他光祖耀宗的期望，可考高中时考得不太好，又不愿意在石嘴山上，去银川上更难办，大伯说回老家来上吧，咱们市中是全省重点学校，校长就是咱们村上的。建邦便回老家上高中。就像是离家出走，再很少回家。从小就是个书呆子，从此就更呆了，把大伯家当了家，读书期间基本上没回过家。

大伯在藤椅上坐了，点了根烟，我夺过烟说：“你都戒多少年了，又抽！”

大伯说：“想抽，再说没几天活头了，抽吧。”

我把烟递给他，他深吸一口说：“建邦争气，考上了清华大学，硕博连读。博士后出来，留了校，弄了个什么尖端科学带头人，这期间回过两三趟家吧。那年过年，他竟然回我这儿来过年，我没让他进门，而是带到宾馆，狠狠给收拾了一顿。我说咱们老家有一句话，骂那些书念糊涂了的人，会说你把书念到狗肚子里了，你就是这样，你怎么书念得连最起码的人情礼义都不懂了？过年你不回去看你爸你妈，你跑到我家来了，你是从哪里来的？从墙缝里蹦出来的？你爸给你把江山打下来你坐上皇位那就是好爸了？……是我供养你读书吗？是你爸你妈！你当我有那么开阔的胸怀，你爸养活这个家养活了多少年？我为你们做的事都是还你爸的情哩……我说你现在就给我回去，好好磕上几个头，好好叫上几声爸，把这些年少叫的叫出来。他趴倒在地要给我磕头，我挡住了，说没给你爸磕头前不要给我磕头……这些年你在念书，我怕说了你受影响，我也想着你书越读会越明事理，可你是鼻子淌到眼窝里——倒着来了，你书念到这样子还不如不念！尖端科学带头人，你这样带头尖端科学都会给你带偏的。”

我深深垂下头去。

“你们生活在你爸的恩荫之中。”

事实上父亲表面是平庸、窝囊的，但他有一个强大的内心，才具备了抗击世俗的力量，否则越是平庸、窝囊的人，就越发显得世俗。父亲没有“身份”的焦虑，因为他没有考虑过自己在他人眼里、心里是怎样的一个人。我就是我，他率性本真，从不因为他人的看法而改变。父亲对世俗的免疫力来自他的人生经历。一个人生命中所有的经历构成了他生命的意义！多次与死亡擦肩而过，让父亲的内心非常强大。他没有被击垮！多次与死亡擦肩而过让父亲认识到自己活着就已经很奢侈了，活着就是幸福。

干活干活，干着活着。

这是他的哲学，他并不认为劳作就是不幸。

相反，劳动是对活着的赞美！